管教的甜蜜岁月
I Beati Anni del Castigo
Fleur Jaeggy

［瑞士］芙洛儿·雅埃吉　著
姚轶苒　译

图书在版编目（CIP）数据

管教的甜蜜岁月 /（瑞士）芙洛儿·雅埃吉著；姚轶苒译. -- 广州：花城出版社，2025.3. -- ISBN 978-7-5749-0216-9

Ⅰ．Ⅰ522.45

中国国家版本馆CIP数据核字第2024HH0379号

图字：19-2023-353 号
Original Title: I beati anni del castigo by Fleur Jaeggy
© 1989 ADELPHI EDIZIONI S.P.A.MILANO
本书中文简体版专有版权经由牛牛文化授予北京创美时代国际文化传播有限公司。

出 版 人：张 懿
项目统筹：陈宾杰　蔡　安
责任编辑：曹玛丽
特邀编辑：何青泓
责任校对：李珊珊
技术编辑：凌春梅　林佳莹
封面设计：墨 非
版式设计：万 雪

书　　名	管教的甜蜜岁月	
	GUANJIAO DE TIANMI SUIYUE	
出版发行	花城出版社	
	（广州市环市东路水荫路11号）	
经　　销	全国新华书店	
印　　刷	北京中科印刷有限公司	
	（北京市通州区宋庄工业区一号楼101）	
开　　本	787毫米×1092毫米　32开	
印　　张	5	
字　　数	58,000字	
版　　次	2025年3月第1版　2025年3月第1次印刷	
定　　价	49.80元	

如发现印装质量问题，请直接与印刷厂联系调换。
购书热线：020-37604658　37602954
花城出版社网站：http://www.fcph.com.cn

这故事已经写就了,完结了,
　正如我们的人生。

十四岁时，我是阿彭策尔一所寄宿学校的学生。学校不远处就是罗比特·瓦泽尔常常散步的地方，那时他住在赫利萨的疯人院。他死在雪地里，有照片记

管教的甜蜜岁月

录了他留在雪中的脚印和最后的身体姿势。彼时我们并不认识他,甚至连我们的语文老师也是。我有时会想,这样离开挺好:在疯人院住了将近三十年,一次散步后便倒在阿彭策尔的大雪里,任天然坟冢埋葬了自己。真遗憾,我们不知道他的存在,否则我们愿意为他摘一枝花。就连康德,在濒死时也会感怀于陌生女人送来的一朵玫瑰。在阿彭策尔,人们除了散步无事可做。当看到一扇扇林立的白色小窗和一个个花团锦簇的窗台,你会感到热烈顿滞,繁华遇羁,你觉得那里头有一片平静而带有些许病态的荫翳正缓缓流淌。那是疾病的阿卡迪亚[①]。在里面,澄澈之中是白垩与鲜花的欢庆,死亡的宁静一如牧歌悠扬。窗外的

---

① Arcadia,源于希腊地名,意为躲避,引申为世外桃源之意。

天地在召唤,那不是幻象,而是一种"Zwang"(强制力)。这是学校常用的说法,也就是纪律。

我在学校学法语、德语和文化通识。我完全不学习,关于法国文学我只记得波德莱尔。每天我五点起床去散步,登上高处眺望另一侧山脚处的一潭湖水,那是科斯坦察湖。我望着地平线、湖水,还不知道那湖畔有我将要就读的另一所学校。我一边走着,一边嚼着苹果。我渴望孤独,遗世而独立,却又嫉妒这世界。

那是一天的午餐时间,我们都已就座。有个女孩儿来了,她是这里的新学生。她十五岁,有光泽的长发如刀刃直直垂下,看向人的眼神也直勾勾的,冷峻而阴沉,鹰钩鼻,笑的时候露出尖细的牙齿,但她不怎么笑。她美丽的前额高耸着,可以在那里触碰她的

管教的甜蜜岁月

思想，那些世代相传的天分、智慧和魅力。她不跟任何人说话，如同目空一切的偶像。也许这就是我想要征服她的原因。她不亲切，甚至对人不屑一顾。我对她的第一印象是：她于孤独一途比我走得更远。吃完饭起身时，我靠近她，说："你好。"她回复的"你好"语速极快。我介绍了自己，像新兵一样报上自己的姓和名，她也告诉我她的，对话便戛然而止。她把我丢在餐厅一群叽叽喳喳的女生中间。一个西班牙女孩兴奋地对我说了些什么，我完全没听，耳边只有各种语言交汇成的一片嗡嗡声。之后的一整天，新来的女孩不知所终，但晚上又准时出现在座位上。她一动不动地站着，仿佛与世隔绝。校长示意后我们都坐了下来。过了几秒钟，嗡嗡声再度响起。第二天，是她先跟我打了招呼。

在学校，我们所有人，只要有些许的虚荣心，都会给自己制定某种人设，过着双面人一般的生活，设计自己的每一个言行举止。当我看到她的字迹，大为震惊。我们其他人的字迹都很类似，歪歪斜斜的，幼稚的，写出的字母"O"又圆又胖。她的却那么老练纯熟（二十年后我在皮埃尔·让·乔弗给的一册《垂怜经》的题词上看到了类似的字迹）。当然我故作镇定，装作视而不见，转头却偷偷练习起来。至今，我还像弗雷德丽卡那样写字，人们夸赞我的字体漂亮，有内涵。他们不知道，我费了多大力气。那时候我从不学习，因为我不想。我剪下德国表现主义作品的图片和一些犯罪故事，把它们贴在笔记本上。我让她相信我钟情于艺术，以换取陪她走过走廊以及一起散步的荣幸。毋庸置疑，她在学校是拔尖的。遗传自她的

管教的甜蜜岁月

祖辈,她无须学习便样样精通。她有其他人所没有的天赋,我只能认定那都是已逝者的馈赠。听听她在课堂上朗诵法国诗吧,是他们降临在她身上,她将他们的才情尽情挥洒。我们也许都还天真,但天真可能就包含着某种拙劣、刻板和矫情,就好像我们都穿着灯笼裤似的。

我们来自世界各地,很多是美国人和荷兰人。有个黑人女孩——如今人们会说"有色人种"——满头卷发,是阿彭策尔人人喜爱的小娃娃。那天,是她的父亲送她到学校的,他是非洲某个国家的总统。学校从每个国籍的女孩里各选出一个代表,让她们在布斯勒学院大门口围成扇形的队列,其中有红发的比利时人，金发的瑞典人，意大利人，来自波士顿的美国人。我们手握自己祖国的国旗，列队欢迎总统的光临，真正组成了一个小世界。我站在第三列队伍的最后，就挨着弗雷德丽卡。我把呢子大衣的兜帽罩在头上。队列前面打头的是校长霍夫斯塔德太太——那位置，要是总统先生带着弓箭，准能一箭命中她的心脏——她高大壮实，派头十足，笑容深深嵌进她丰满的脸颊。旁边站着她的丈夫，瘦小腼腆的霍夫斯塔德先生。瑞士国旗升起，黑人女孩成了站在学校等级体系最高处的人。那天天气寒冷，她穿着一件天蓝色的钟形大衣，衣领是深蓝色天鹅绒质地的。必须承认，黑人总统给布斯勒学院留下了深刻的印象。这位非洲元首信任霍夫斯塔德家族。有些女孩对总统受到的优待颇有微词，她们认为每个人的父亲都应该是平等的。总有

管教的甜蜜岁月

一些叛逆分子隐藏在寄宿学校里，这是她们政治思想显露的最初迹象，也可以说是她们的世界观初现端倪。弗雷德丽卡手上拿着瑞士国旗，就像拿着根棍子。年纪最小的女孩向来客行礼，并献上一束野花。我不记得那个黑人女孩最后有没有交到朋友。我们常常看到校长霍夫斯塔德太太本人亲自牵着她的手，带她去散步，也许是害怕我们会吃了她，又或许是担心我们带坏了她。她也从不打网球。

弗雷德丽卡愈加难以接近。有时我会去她的房间找她。我住在另一间宿舍，而她跟大孩子们住在一起。只是几个月的年龄差，我就不得不跟更小的女孩们住在一起。我的室友是一个德国女孩。她的名字我已经忘记了，因为她实在是无趣。她曾送给我一本关于德国表现主义画派的书。弗雷德丽卡的衣柜整齐极了。

我不知道如何才能把套头毛衣折成那样的一丝不乱，于整理上我的表现很是糟糕，便向她学习。我们睡在不同的房间，就好像我们不属于同一代人。一天，我在我的储物柜里发现了一张示好的小字条，来自一个十岁的小鬼头。她想跟我凑成一对，做我的小跟班儿。我不加思索地一口回绝了，时至今日，我依然为此抱歉。其实当我回复说自己不想要一个小妹妹，对于保护小孩子不感兴趣的时候，我也感到抱歉，并且我很快就开始后悔了，因为弗雷德丽卡总是躲着我。我必须征服她，否则就太丢人了。我伤了那小女孩的心。后来我去探望过她，但已经太晚了。她真的很可爱，很迷人，本来会是个很好的小跟班，我却失去了她。

那天起，小女孩不再跟我说话，连招呼都不打。要知道，我还没有掌握斡旋之术，以为想得到什么就

管教的甜蜜岁月

应该直奔主题，但实际上只有心不在焉、似是而非和欲擒故纵才能帮助我们接近目标，并最终让目标自己找上门来。关于弗雷德丽卡，我也琢磨出一套策略。八岁我就进入了寄宿学校，对住校生活颇有经验。在这里，宿舍的盥洗和休息时间正是同伴间彼此熟悉的机会。我在寄宿学校的第一个铺位挂着白色的床帘，覆盖着白色针织床罩，连床头柜也是白色的。它们围成一个虚拟的封闭空间，紧挨着另外十二间，整体上有种大通铺的感觉。大家彼此间呼吸相闻。我在布斯勒学院的室友是德国人，就像所有蠢女孩一样，能干又坏心眼儿。她白色睡衣下的身体几乎发育完全，显得玲珑有致。但当我不经意地触碰到她，总会产生莫名的厌恶感。也许这便是我每天早早起床去散步的原因。上课时，到十一点钟左右我就会犯困。我看向一扇窗子，窗玻璃映出我失神的目光，更叫我昏昏欲睡。

我与弗雷德丽卡，不仅晚上睡在不同的宿舍，白天也在不同的教室上课。吃饭时，我们的座位也不邻近，但我能看到她。她终于渐渐注意到我了，可能我看上去也挺有意思的。德国表现主义画家和我尚未经历的那些生活和罪过吸引着我。我告诉她，十岁那年我骂了一个修道院院长，叫她"母牛"。多幼稚的词啊，当我向她讲述这些的时候，为自己的幼稚深感惭愧。我被寄宿学校开除了，因为她们要求我道歉，但我不愿意。弗雷德丽卡笑了，竟关心地询问我这么做的理由。渐渐地我开始说起八岁时的事情，那时候我

管教的甜蜜岁月

总是跟男孩子们踢球，于是被家里送进一所阴森的寄宿学校。那学校有一个幽深的回廊，尽头是礼拜堂，左首有一道门，门后就是负责照顾我的院长修女的办公室。她是个瘦削纤弱的女人，总是用手轻柔地抚摸我，而我就像朋友一般坐在她身边。但有一天，她不见了，取而代之的是一个来自乌里州的丰满的瑞士女人。你知道的，一朝天子一朝臣，寄宿学校也与宫廷无异。

弗雷德丽卡说我是个唯美者，这个说法我可是闻所未闻。不过我很快就明白了。她的笔迹是唯美的，这我知道。她轻蔑一切的态度也是唯美的。弗雷德丽卡将她的轻蔑隐藏在顺服的外表下，总是恭谨的样子。我那时却不懂得逢场作戏。我对霍夫斯塔德太太毕恭毕敬，因为我怕她，在她面前随时准备躬身行礼。弗雷德丽卡却没有弯腰的必要，因为我注意到她表达尊重的方式令人肃然起敬。一次，为了转移对弗雷德丽卡的过分关注，我答应与附近罗森伯格寄宿学校的一个男孩儿约会。见面的时间很短暂，但我还是被发现了。霍夫斯塔德太太把我叫到了办公室。她穿着一身蓝色套装，搭配白衬衫，用一枚胸针做点缀，壮硕的身体宽得像一面衣柜。她凶巴巴地审问我，我告诉她那只是我的一个亲戚。但其实，那"亲戚"的母亲给她写了信，拜托她看紧我，不要再去见她儿子。我假装哭起来，校长就心软了。

我八岁时那股劲头儿，那份坚定和自制哪儿去了？那时候，没有一个女孩入得了我的眼。她们都一样小家子气，惹人讨厌。直到今天我还是无法认定自己当时是爱上了弗雷德丽卡，这可不是能轻易说出口的话。

管教的甜蜜岁月

那天我很担心自己会被扫地出门。那个清晨,早餐香味扑鼻,我正拿起面包去蘸杯子里的咖啡。校长一把拍掉我手里的面包,要我站起来。换作八岁时的我,肯定会把杯子丢到她脸上,谁让她这样羞辱我?

弗雷德丽卡吃饭时手臂总是紧紧贴着身体,从不把胳膊肘放在桌上。也许她也看不上那些吃的?她是这么完美。那时我们已经每天一起散步了,就我们两个。有时候她走在我前面,我就看着她。关于她的一切都是正确的,和谐的。有时候她会把手搭在我的肩头。时间仿佛停滞了,我们穿过森林、山峰和小径,我们之间,就像法国人说的,是"一段爱慕式的友谊"。

她对我提到一个男人。关于这个话题,除了那位"亲戚"我实在是无话可说。她还说起一个女家庭教师。

但这不是一回事：女家庭教师、修女、寄宿学校的女同学，她们属于同一群体。弗雷德丽卡提到一个男人，就像在说一个寓言故事。

晚上，我回到与德国室友同住的房间，开始思考。关于女人，我们可能是专家，我们最美好的年华都是在寄宿学校度过的。但当我们离开这里，毕竟世界是分成男性和女性两部分的，我们也会见识男性的那一半。那个世界会不会也像女性世界一般激烈呢？我想，征服男性是不是也像征服弗雷德丽卡一样艰难呢？

虽然我们每天一起散步，彼此亲密无间，温柔相待，但我能感觉到自己还没有征服弗雷德丽卡。我的定义是占据绝对上风：我必须征服她，她应该仰慕我。弗雷德丽卡不为任何人现身，有时候她更愿意独

管教的甜蜜岁月

处，而不是跟我做伴。那我便会百无聊赖，无心阅读。我对镜自顾，一遍又一遍地梳理头发，假装自己热爱自然。我发现弗雷德丽卡并不照镜子。我热情地跟她讨论树木、山川、静谧以及文学。于我而言，生命显得有些太过漫长了。我已经在寄宿学校待了七年，并且还会继续下去。当身在其中，你会幻想这世界的雄奇瑰丽，可当你离开时，又会偶尔渴望再次聆听那里的钟声。

说来古怪，在我待过的寄宿学校附近，男人总是少得出奇。他们要么是老头儿，要么疯疯癫癫，要么就是看门人。在我的印象里，阿彭策尔只有几个半截身子入了土的老人，几个瘸子，一家糕点铺子和一个喷泉。若是想要寻觅一丝市井气息，应该去糕点铺，那里从来没有人，但会有个老头从街上晃悠过去。相当长的时间里,我一直认为那些像弗雷德丽卡和我一样在寄宿学校生活过的人,当老到再没有什么指望的时候,只要回想起这些,就能一无所有地活下去。我们伴着钟声起床,再听到钟声响起就去睡觉。我们各自回到宿舍,眼看着生命从窗户,从书本,从四季的更替,从一次次的散步里流逝。我们总是看到它的倒影,那倒影似乎冻结在窗台上。也许有时会有一个高大冷峻的形象浮现在我们眼前:那是经过我们生命的弗雷德丽卡。又或许我们想要回到过去,但我们已经再无所求了。我们幻想过这个世界,那么除了自己的死亡,还能想些什么呢?钟声响起,一切便终结了。

回到我们的故事吧。弗雷德丽卡给我描述了树叶的颜色,记忆里我们的对话总是那么清晰。教法国文

管教的甜蜜岁月

学的女教师很喜欢她,可能认为她是勃朗特姐妹式的女孩。但她讨厌我,希望跟弗雷德丽卡去散步的是她自己。她是个丑女人,除了她所投身的法国文学,其他什么也不懂。她一说话我就直打哈欠。像前面说的,我的生命显得过于漫长了。文学本身并不吸引我,我只是需要用它来跟弗雷德丽卡聊天。我已经读过诺瓦利斯关于自杀和完美的一些诗句。

"你怎么了?""你在想些什么?"她问我。

她终于关心我的所思所想了,我得一分。我只想一件事:离开这里,走进世界。但我绝不会招认。

"没什么,"我回答弗雷德丽卡,"我什么也没想。"

有时当我们一起聊天,我在想着她,想她的美丽和智慧,想关于她的完美。那么多年过去了,我依然能清晰地看到她的面孔,那张我在其他女人那里遍寻不得的面孔，那致命的完美。我从未将这些念头对她和盘托出，也未曾吐露我的爱慕。尽管与她相比我总是屈居下风，但自相识起我就知道，在我们变得亲密无间以前，需要跨越几个阶段。这就像一场战役，而我必须征服她。一切都那么高不可攀、惊心动魄，说话的用词、语调和方式都需要步步斟酌，颇费心神。我也曾想象过也许数周之后，我们不仅仅是聊天，甚至开始相互拥抱。这应该是异想天开。我们连手都没有拉过，觉得那是很可笑的。我们看见那些小女孩在路上牵着手，嬉笑着，做彼此的"朋友"、爱侣。我们之间却存在某种执念，避免着一切身体姿态的流露。

　　法语女教师看起来像个悲伤的男子，尤其是她坐在讲台后面，日光透过窗子洒在她身上的时候。她向

管教的甜蜜岁月

我提问,我没有回答。她的短发灰白卷曲,双手像牧师一般交握,严肃的目光中几乎有一种恳求的意味,一种得不到回应的乞讨。我敢说那是一种风骨,败者的风骨,混杂着一闪而过的绝望和不愿放弃的执拗,苦苦支撑,春蚕到死。她继续问我,同时站了起来。难道她想打我?我的头脑空空荡荡,灵魂仿佛出了窍,接近中午我常会如此,毕竟离我起床散步已经过去了七小时。七小时几乎是一个工人一天的全部工时,甚至他们还想要缩短。

她看不上我。她应该想不通弗雷德丽卡为什么跟我来往密切,我从她的眼神里看得出来。或许她知道原因:我没办法读完一本书,书架上属于我的那一格空空如也。我翻看弗雷德丽卡的书,但要看懂它们需要静心钻研,我没那个能力。弗雷德丽卡倒是在眉飞色舞地跟我谈论文学的时候，从我这里获得不少精神力量。在那些时刻，我是真的对她的讲述很感兴趣，本应该紧紧跟随她的思绪，可我依然会不时走神。

弗雷德丽卡开始关注我了。我能感觉到她的目光重重地落在我身上，简直就像有人一拳砸在我背上，我便转过身去。有时在餐桌上，我捕捉到她的注视，于是愈加坐直身子，吃得也格外文雅，几乎什么也不吃了。不过，若是早餐时分，即使她盯着我，我也得吃上两三片黄油果酱面包。我得承认，吃早饭时我心无杂念。那次她看到我用面包去蘸拿铁，一副贪吃又猴急的模样，我觉得弗雷德丽卡笑了，应该是宠溺的那种。现在她会请求我的陪伴，也会远远地凝视着我。

自从第一次见到她，我就想跟她交朋友。我所谓的交朋友，是需要得到她的灵魂，与她亲密无间，排斥一切其他人的，像是一种歃血为盟的关系。这一点在她第一次于餐厅姗姗来迟时我便知道了。又或者，我必须臣服于她所主导的仪式。有天她告诉我，其实她一下子就注意到我了。不过她这么说只是为了让我高兴，即便她从不说仅仅为了取悦于人的话。可能有一次，她夸我漂亮。我自然是不如她优雅的。她穿灰色裙子，宽松的衬衫，灰色、天蓝、灰蓝色的宽大毛衣。我有一堆修身的毛衣和宽摆却腰身极小的裙子。我用宽腰带尽可能地勒紧腰部，几乎所有女孩都这么做。这并不优雅。宽大的毛衣挂在弗雷德丽卡身上，遮盖住她的身体，却掩藏不了她青春的曲线，那纤细的腰肢和平坦的腹部随着衣料若隐若现。

一个冬日下午,我们坐在台阶上,弗雷德丽卡握着我的手说:"你有一双老妇人的手。"她的手冷冰冰的。我看着我的手背,血管和骨骼清晰可见;我把手翻过来,它们还是干瘪的样子。弗雷德丽卡的话于我是一种恭维,我简直无法形容自己有多骄傲。那天在台阶上,我确信自己喜欢它们。这双手确实是苍老干枯的。弗雷德丽卡的双手宽阔、结实,方方正正,像是男孩子的手。我们的小指上都带着印戒。你应该能想象,当我们彼此触碰时所产生的身体的愉悦。她握着我的手,我也在感受她冰凉的手,这种接触仿佛脱离了身体,任何世俗的想法都不会萌生。那个冬天我买了一件宽大的毛衣,藏起我的身体。我那双老妇人的手更加凸显出来。

弗雷德丽卡总是友善地对待所有人,不会任由自

管教的甜蜜岁月

已变得情绪化,陷入荫翳。这点我却做不到。极偶尔的几次我甚至产生把室友揍一顿的冲动,尽管她很温顺,总是附和我。她长着一对酒窝,也从不曾忘记展示它们。她小巧的鼻头高挺着。我多想抓住她的脖颈。她躺在床上,就像一个半裸的奥斯曼女奴。

我们被要求朗诵弗朗索瓦·戈贝的作品。因为不安,直到今天我才发现弗雷德丽卡名字的前两个字母跟诗人是一样的。

"我站在窗前,在夏日的晴空下想你。"我的部分这样开始,"一只夜莺歌唱着,珍珠般的音符狂乱地攀上缀满繁星的天穹。"老师是一名修女,教我们带伴奏朗诵。

弗雷德丽卡姓氏的含义是"故事"。因为她叫作"故事",我不禁开始想象她就是那个执判官之笔写故事的人。我还有一种莫名的预感,这故事已经写就了,完结了,正如我们的人生。

圣尼古拉节那天下着雪,我们在校外度过了一个下午。我们静静地走着,走进图芬镇的糕点店。整个小镇寂寂无声,仿佛沉睡着。我知道弗雷德丽卡正在,或者曾经,跟一个男人交往。雪不停地下,雪花飘落在窗户上。弗雷德丽卡告诉我,圣诞节她会跟那个男人一起去旅行。我饶有兴致地用目光追随着飞舞的雪花,她轻声细语地说着话。我知道她在恋爱,也当然不会祝福她天长地久。我一边吃一份意面,一边如实相告。她不再来一份吗?我可得再喝杯茶。我不愿听她的秘密,也不想听她的坦白。我能感觉到她爱情里蛰伏的某种悲剧性的东西。我看到她那么倔强而坚定。有一瞬间我觉得,并不存在任何男人。我又吃了一份意面。雪花停止了舞动。一个念头闪过：弗雷德丽卡正在创造另一种生活。她说话间，我突然从她的目光中捕捉到一丝怪异的光芒，如雪花般疯狂而轻浮，仿佛悬停在空中。我害怕了，我想提醒她保护自己，却不知道威胁的源头。我的思绪戛然而止，我能感知到一种危险，一种体验的危险。然后，一切回归平静，那混乱的闪光熄灭了。弗雷德丽卡还在继续说着他们的旅行计划。他们要去安达卢西亚，那是他们已经去过的地方。她问我有没有去过西班牙。

"不，从来没有。"

我已经坐火车遍游过瑞士各地，因为我的父亲钟爱乘火车在群山之间徜徉。她去过瑞吉山吗？当然没有。我又提了一些名字：戈尔内格拉特，少女峰，贝尔尼纳铁路——她都不曾去过。

弗雷德丽卡谈起她的旅行时,就像在说其他人的事。夜幕降临在图芬的糕点店,就好像那雪也成了夜的帷幕。冬日的阴沉和冰冷的空气陪伴着我们回家,我们的家便是学校。

每天晚上，我跟我的室友都会站在洗脸池前。有一次我待她很亲切，她的梳子掉了，我立即弯腰帮她捡了起来。她会在睡觉前梳头，好像要去参加舞会似的。也可能她在睡梦中真的去了,向所有人展示着她的酒窝,以及那颗过于突出的虎牙。她穿着一件玫红色的塔夫绸连衣裙,小心翼翼生怕弄皱了它。有几回我简直确信了她在夜晚的狂欢,因为我就看见那件玫红色的连衣裙搭在她床尾的椅子上,通常那是她用来放叠好的内衣的。查房只在极特殊的情况下进行。那些早晨我们需要打开自己的衣柜,而我们的内衣和毛衣应该被一丝不乱地折好,码放成一面城墙。我们必须像东方人那样掌握折叠整理的艺术。我曾去看过一个能剧[①]团的演出。表演结束后,我来到后台向演员致意。当时他正在收拾行李,或者更确切地说是他的包袱。他折叠演出服的方法跟我们整理衣柜时如出一

---

① 一种日本传统的歌舞剧,演员需要佩戴面具演出。

辙，那么一丝不苟，全然驯服了手中的衣料。我要是答应保护那个给我留字条的小女孩，完成这个任务的就会是她了，她也会因能替我折好衣服而感到无上光荣。我们都是这样盲目崇拜。

那女孩名叫玛丽安。假如我送她一枝花，她一定会把它夹在书里制成标本，好让它永不枯萎。每个人都有如此经历：买回一本旧书，在其中发现几片花瓣，一碰便化为灰烬了。那是些苟延残喘的花瓣，行将就木的落英。她对我的爱慕瞬间干涸，连灰烬也不曾留下一星半点，从此对我再不理睬了。我于是撕掉了来自玛丽安热情的字条，就像我撕掉母亲或是父亲偶然的来信。

我的室友则把自己的东西都放在一个德国镶木盒子里。她懒洋洋地躺在床上，一遍遍读着收到的信。

盒子散发出德国的芬芳。那香味并不微弱,足以令她沉醉。盒子上还挂着一把金锁,配一枚精巧的钥匙。她,那个德国女孩,总是用虔诚的双手打开那个可怕的盒子。

我收到的信很少。学校会在吃饭时间发放信件,因此收不到什么信是件令人尴尬的事情。于是我开始给父亲写信。那些信很蠢,我几乎什么也没说。我希望他像我一样过得不错。很快他回信给我,信封上贴着"为了青少年"基金会[①]的邮票,问我为什么给他写这么多信。我们俩的信都很简短。每个月我都会收到一张纸币,是我的零花钱。我给父亲写信是因为

[①] 成立于 1912 年的瑞士慈善基金会,致力于支持瑞士青少年和儿童的权利与需求。瑞士邮局自 1913 年起每年发行慈善邮票,以支持该组织的工作。

他是唯一能按我的想法行事的人,即便我的生活必须遵从我母亲的合法意愿。她从巴西对我发号施令。她说我应该跟一个德国人一起住,因为我需要学会说德语。于是我跟这个德国女孩聊天,她也送我一些礼物,像是她总在吃的巧克力糖,美国口香糖,还有用德语写的艺术类书籍,里面印着蓝骑士①的作品。她的内衣也都是德国式的。可我无法在脑海里搜索到她的名字,她与其他一些女孩一起散佚在我的记忆中。她是谁?其于我如此无关紧要,我却又清晰地记得她的面容和姿态。也许那些不曾进入考量的人,会因一场古怪的、不怀好意的游戏再度浮现。他们的形象甚至比

---

① 画家瓦西里·康定斯基和弗兰茨·马尔克组成的艺术团体,他们也用这个名字称呼他们的展览作品。

那些我们在意的人更加鲜明。我们的记忆是一片墓地，而我们生命中的路人甲就在那里伺机而动。这些贪婪的生物有时便如秃鹰一般，盘桓在我们所爱之人的身影之上。墓地里纷杂的面孔交错杂居，野草丛生。就在我写下这些文字的时候，那个德国女孩的特征一一浮现，就像在警察局报案那样细致精准。她叫什么？那名字消失了。不过，遗忘一个姓名并不足以抹去她的存在，她就住在那墓地里。

显然，从八岁到十七岁，我被迫在寄宿学校消耗了最美好的年华。最初他们把我交给一位老妇人，我的一个祖奶奶。有一天她决定不再忍受我的存在，说我是个野丫头。我一点也不像挂在餐厅里的她的肖像，于是她把我的模样从自己眼前抹去了。如今我与她越长越像。她也在那墓地里，依然用青蓝色的眼睛注视着我。拜她所赐，我辗转去过许多寄宿学校，认识了一群校长、修女、修道院院长和嬷嬷，不过她们都没有祖奶奶的威信。我一直认为自己可以蒙骗她们，她们的权威于我只是暂时的，即便我会亲吻她们的手。

这故事发生在意大利一所法国修女管理的学校。自然，我也在那里待过。每天晚上回宿舍睡觉前，我和同伴都要爬上一段狭窄的台阶。院长嬷嬷在高处一盏近乎熄灭的电灯下等着我们。每晚，在进入夜幕笼罩下的宿舍以前，她都会在那微弱的光线中向我们伸出手。我们排着队，一个接一个亲吻她的手，然后在静悄悄的宿舍里洗漱，上床睡觉。床单很凉。在有月亮和星星的时候，外头便是一片幻梦的荒漠。

如果我没有记错，学校教导我们一天四次向尊敬的院长嬷嬷行吻手礼。我并不记得她的皮肤是什么味道，但这表达顺从的姿态我做得行云流水，感觉那很自然。我也喜欢停下来，观察身后排队的所有同伴。虽然我用拇指和食指握着她的手，但我的嘴唇并不会触碰它，因为我对这种肉体的亲密接触感到厌恶。

院长嬷嬷的眼睛是湛蓝的，蓝得像黎明时分阿尔卑斯山上的湖水，童真而又蛊惑。她已在垂暮之年，眼皮变成了铅白色。一代又一代祈祷者一定在断头台前亲吻她先辈的手。她们身上有一种东方风情，用面纱盖住额头。而那面纱更增添了女性的韵味，即便是年老的妇人亦是如此。在被蒙蔽的人们眼里她们显得高高在上，深不可测。她身体的部分已经塌陷腐坏，即将归于尘土的模样和一身威严的灰黄色袍子，配合她僵硬的状态，令她看起来犹如一位墓地中的贵妇人。她的嗓音有时很尖厉，十分年轻，就像你能想到的那种阉人的声音。

跟法国修女的相处中，我仍能感觉到明显的阶级差异。有些修女穿深色袍子，地位卑微；有些家境贫穷，没有带来财产，只能负责干重活：我们对这些人的称呼就是"修女"，也被默许有轻蔑她们的言行。而那些高级修女脸上总挂着甜腻的假笑，对她们颐指气使。在那所学校里，我们知道学生中间谁出身贫寒，或者谁是孤儿。有个女孩不交学费，并为此感到开心，也不怎么关注院长嬷嬷，抑或只是默默窥视。我们对家道中落的她十分友善。她从南部来,长着一双蓝黄混色的眼睛和一头金发。她是个麻烦精,因为她是我们中间的奸细。我们猜想她这么做总有理由,毕竟我们能给她的远比管事的修女们多得多,可她却选择了屈从于权力。有些人天生如此。我们曾试图拉拢她,可她全不在乎。她本可以长得更高挑些的,但她的脚踝很短,身量故而不太起眼,坐下的时候反而更优雅。她皮肤和头发的颜色又让那光洁的小脸显得有些粗野。她是个超龄的女学生,学校出于慈善收留了她。她已过了十八岁,这很悲哀。在我们看来,她把扮演穷人这件事当作自己的职业,做得无可挑剔。

她为自己的贫穷赋予价值,正如其他人对待挥霍那样。那种贫困的状态完全占据了她,除了自己她一无所有，但这便足矣，因为她身上散发着被奴役的愉悦香气，将此视为天命。当她在走廊里飞快地来回走动时，步子迈得多么细密圆滑。若是院长用轻不可闻的声音叫她的名字，她总能熟练地消失。高等修女们说话时声音一向轻极了。而当她跪在礼拜堂里，身姿又是多么端正。她大大的眼睛正适合凝视基督受难像。她若不是告密者，我们便会善意地相信她无私的奉献与顺从。

在布斯勒学院我们不对校长行吻手礼，霍夫斯塔德太太有时会假模假式地亲吻我们，用她的脸颊贴上我们的。尽管这完全算不上一个吻，但还是一样吓人。我不知道那个来自非洲的小娃娃是怎么忍受的，因为我们看到校长真的会亲吻她。但那女孩看起来一点也不缺乏慈爱。她的眼神起了变化，不再像个娃娃。那种玩具所具有的深邃，呆呆的僵硬感，以及甜蜜的困倦模样，都在一点点消失。

困倦几乎纠缠着每个人，尤其是一小群成年的女孩。在第一学期她们总是懒懒散散，不愿意费劲说德语。她们已经在基鲁那①或是别的什么我不知道的地方生活过，几乎到了该出嫁的年龄，做布斯勒学院的学生实在过于成熟了。在寄宿学校，至少在我待过的那些学校里，一种业已衰老的童年被近乎疯狂地延长。我们了解那些精力充沛的大姑娘为什么会在课间像是等待什么一样静静坐着，彼此窃窃私语或是默默

---

① 瑞典最北部的一个城市。

梳妆。那是有阅历者的小圈子：她们曾见识过世界，或自以为如此。第一轮游历已经结束，而其他的几轮像光环落在她们闪光的头顶上，嗡嗡作响。她们是老手了。

"能给我换个房间吗？我想跟大女孩一起住。"霍夫斯塔德太太彬彬有礼地跟我打招呼，问我今天是不是还会跟我的朋友弗雷德丽卡一起去散步。当她说到"朋友"这个词时，声音仿佛一顿。所以，在学校的管理者眼里，我跟弗雷德丽卡已经是一对了。

"我们很高兴你交到了朋友。但是你不能换宿舍，这是一开始就定好的。你母亲的信从巴西寄到学校了，她很满意我们给你安排的室友。"方才的快乐戛然而止。她凶巴巴的眼睛、脸上粉饼的气味和坠着胸针的西服向我靠过来，然后抬手漫不经心地摸了摸我的头。有些女人化妆后，脸和身体之间会有明显的界线。

"谢谢，霍夫斯塔德太太。"我用德语说。我们接受的教导是，即便遭到拒绝，也必须表达感谢，还应该面带微笑。该死的微笑。不知为何，寄宿生脸上会有种逝者才有的死寂，即便最年轻漂亮的少女身上也散出几缕停尸房的气息。一幅割裂而古老的双重影像：一边的她奔跑欢笑，另一边的她却躺在床上，身上覆盖的蕾丝裹尸布正是用她自己的皮肤绣成。

玛丽安，那个最漂亮、性格最纯真的小姑娘，正恶狠狠地盯着那个拒绝了她的女孩。她向许多人抛出了红线，但还是没找到愿意为她牵引的人。对于自己的美貌,她无疑是清楚的。她应该有十二岁,或许更大点。她是招人喜欢的,我们却不是。我们身上已经沾染了些青春期的小毛病,她却还没有。玛丽安宛如一件精美的瓷器。我们在墓地的一块石碑旁发现了她的眼睛:那里有一枝草茎,上面开着一朵紫色的鸢尾。霍夫斯塔德太太也注意到了她。玛丽安尚未做出选择,我有种感觉,她好像在跟弗雷德丽卡聊些什么。弗雷德丽卡并不合群,但颇受尊敬。吃饭时她基本不说话,课后要么一个人待着,要么就跟我在一起。我住在小龄宿舍,真是荒谬。这里的人不被看作大女孩,即便只是相差几个月而已。满十五岁前,我们始终是小孩。弗雷德丽卡快十六岁,是成年人了。她的熄灯时间比我们晚一小时。弗雷德丽卡单独睡觉,陪伴她的是一丝不乱的衣柜,内衣被当作祭台布一般慎重地折好,连同思绪一起在沉沉夜色中叠放整齐。我与她道了晚安。她不来我的房间,我们的,我和德国女孩的房间,即便德国女孩并不在。但那个德国女孩总是躺在床上,不让青春太过疲累,好为自己未来的生命保存体力。只要我身在巴西的母亲对此感到满意,便只能是这样了。

我也上钢琴课。有时候我感觉自己是在用四只手弹奏,多出的两只属于从巴西写信来的那个人。临近第一学期末,我们在12月17日举行了圣诞音乐会。弗雷德丽卡演奏了贝多芬《G大调第20钢琴奏鸣曲》,收获了热烈的掌声。大厅里一片死寂,格外压抑。坐在前排的是学校的管理者和老师们,还有那个黑人女孩。弗雷德丽卡像机器人一样走上台,带着些许热情完成了演奏,随后又机械地鞠了一躬,掌声于她似乎略过耳畔而已。在圣诞节前的那天，弗雷德丽卡是个伟大的钢琴家吗？我认为是的。她的表现令人印象深刻。她没有情绪，没有骄傲，没有谦逊，像是在追踪猎物一般。她绷紧手腕，双手演奏起来，面无表情，但有什么东西一瞬间从她的眼神和唇齿间升腾起来。一种情绪的爆发罕见地扭曲了她几乎不动声色的面孔。弗雷德丽卡回到自己座位。我觉得她远比我想象中更加复杂。一些人身上有某种绝对的、坚不可摧的东西，似乎是与世界和生者之间的疏离，又似乎是他们被某种不为人知的力量操控的信号。这种感觉令我心烦意乱。我听过克拉拉·哈斯基尔的演奏，就坐在第一排，生怕错过克拉拉任何一个老去的信号。弗雷德丽卡没有问过我她弹得如何。我很激动，准备好了夸奖的话。可她却说"没什么"，然后便再不提起。

I BEATI ANNI DEL CASTIGO

当我写下这些文字的时候，收音机里正在播放贝多芬的协奏曲。我甚至怀疑，在我写她的故事时，她是不是缠着我。关掉收音机，平静重新回归。

掌声平息了。弗雷德丽卡草草地向观众致意，就低下头回到座位了。她坐在第一排，身边就是校长和黑人女孩。有一瞬间我几乎认为那女孩是她的长辈。

晚上躺在床上，我还能听到为弗雷德丽卡响起的掌声。室友在修剪指甲。这段时光似乎总是漫长的，好像你需要在入睡前等待着一个梦应邀而来。完成了手头的事，室友说了句"晚安"。她把手伸到被子外面，好让将要来邀请她参加舞会的人看见。她总是笑着露出酒窝，愉快地去赴这深夜之约。她是纽伦堡人，父亲在那里的某家公司上班。她出生时正赶上德国军队迈着鹅步从窗外的天竺葵前列队而过。我们从不谈论战争，以及她的城市是如何被摧毁又重生的。总之，我们这位深夜舞者是在战争的废墟上长大的，曾拥有一间种着天竺葵的小屋，那花的叶片会在德意志国防军经过时蜷曲起来，而她的母亲便怀抱着襁褓中小小的女婴站在窗前。

那她母亲会像在剧院那样朝舞台上投去鲜花吗？我们住在一个房间的时候，我应该问问这些的，毕竟离战争结束只有几年时间。德国姑娘从没有说过"Krieg"（战争）这个词，也不提纳粹或者希特勒。我本可以问问她："你认识希特勒吗？"她的存在是一种客观事实，我了解她的身体，就像了解书上的一幅插图，就像了解自己空荡荡的储物柜。我知道，在柜子的最深处有一支铅笔，一个笔记本，一封信，一段记

I BEATI ANNI DEL CASTIGO

忆，一块手帕，一把钥匙。带着编号的小小储物柜，是我们思绪藏身的秘密墓穴。那些被我们视若珍宝的小物件躺在里面，不过我们并不一定将柜子锁上。我们是可以从校长那里得到钥匙的，这是一种支付全额食宿费的标志。不过没人执着于这个标志，用储物柜是免费的。我从没用过我的钥匙，不是因为我看不上那个标志：正如我没有过去一般，我也没有秘密。弗雷德丽卡可以看到我空空的柜子敞开着，我什么也没有。

很多女孩拥有带锁的日记本，以为如此便拥有了自己的生活。我的室友嗓音甜美，唱歌也不跑调。即使在战争期间，她也必须有副好嗓子，许多女孩都是这样。今天我想起她和那些上锁的日记，竟丝毫感觉不到生命的鲜活，几乎无法说出那些人与纸张笔迹之间有何区别。我觉得我们之间有一场未完成的对话，正如我们对逝者所做的，我在重拾那场对话，尽管偶尔会遗失某些记忆片段，比如她们的模样，或者一些特征如褪色的画作一般模糊了。我们只听到自己的声音，像一出没有回应的独角戏。但她们在某个地方回应着。抑或，她们故意闭口不言，像是不愿说话的顽固女学生。我们还在说着，能感知自己嘴唇的动作，却没有对话者。到底有没有一种无需语言的思考方式呢？人类似乎都是初初识字的幼童，而一切存在都是由字母构成。这些想法以某种方式延续着与弗雷德丽卡的对话，其中也有部分主题是我从未思考过的，我不想对此过多赘述。

那时的我对存活于世感到愤怒，而死亡的光辉仅与过去相关。未来是敞开的闸门，消隐的墙壁。我看到弗雷德丽卡喃喃自语,凝视着某种类似虚空的东西。但虚空又是如何呈现呢?也许是对所有原始存在的仿造?

服从与纪律掌控着布斯勒学院的节奏,而弗雷德丽卡日复一日地扮演着榜样。若是在走廊遇见校长时因为分心忘了打招呼,也不算坏了规矩。即使在专制环境下，这种情况也可以被容忍。弗雷德丽卡却总是专心致志，从不会忘记对校长还有拿着账本站在一边的霍夫斯塔德先生点头行礼。

弗雷德丽卡是过着双面人生吗？她跟我的谈话不仅深刻，有时甚至令我自叹弗如，但她的一些观点却不尽然是严肃正统的，也许是因为她选择谈话对象极为自由。我说过，我是无知的。弗雷德丽卡给我一种虚无主义者的印象：一个没有激情的虚无主义者，大笑时如在绞刑架下一般洒脱不羁。我知道当我说"虚无主义者"这个词，愈加显得幼稚可笑。某个假期，我在家里听到其他人用轻蔑的语气提到过它。当我被拉进她的谈话，总能感受到一种沉重的、惩罚性的气氛，却还是十分仰慕。那时候的她一点儿也不轻佻，面孔格外光亮，脸上的皮肉变得锋利起来。我想象她是一弯新月,挂在东方的天空,当人们沉入睡眠,她便一一割下他们的头颅。她口才甚佳,但不会谈论公正善恶。这些话题自从我八岁进入到寄宿学校,便已在老师和同伴那里听闻了。

她的话语虚无缥缈,升腾而上,而周遭的一切便沉沦下来。她从不言及"上帝"一词,当我想到她用来包裹它的空寂,几乎难以将其付诸笔端。而在我八岁起待过的其他学校里,这是个日日不离口的词语。又或许,它根本不是个词语。一个名字和一个词语的区别是什么?即便在草地上,在树林里,弗雷德丽卡总能令我感到疲乏。她卷起烟纸,我假装观察树叶的脉络,在它们还没有干枯时揉搓它们,或是装作关心蚂蚁。我把一切严肃的话题屏蔽在我的世界之外,避免直面它们。她发现了我的分神。这是我在寄宿学校的第七个年头,与初来乍到的她不同。在这里她是新手,也许从前她已经有了一些经历和交情,在外面就像在市场里,人们的选择总是更多。

弗雷德丽卡很暴力。我的暴力只是,怎么说呢,肉体上的。即使已经长大了,我并不反感打架。我很想抓住德国室友的脖子,她那软绵绵的脖子先对我发出了挑衅,但我是有教养的人。只是为了开玩笑,我猛扑向她,想试试她的手有多大力气。"你真是个孩子。"我是个"孩子",就因为我仅是开玩笑要杀人?她说,想法就是力量。我说这个我也知道,没人怀疑这一点。但锻炼身体也很重要,我告诉她,这是一种操练。

几番争论之后,我宣布投降。她抽的烟味道太重了,我扭过头去。那印着她姓名首字母的银色盒子里

I BEATI ANNI DEL CASTIGO

装的到底是什么烟呢？她来自西班牙，来自南方。我总能将她的叙述在脑海里勾勒出图景。于是，通过她的描述，我看见西班牙的海岸，海水轻抚草地，从一艘船上走下一个戴头巾的黑人男孩，模样就像古董店橱窗里能看见的那种站在柱子上的人偶，在玻璃后面活灵活现地看着你。那男孩儿递给她一个包裹。她赤着脚，被宽大的衣服罩着，就在我从未到过的南方的土地上。但我猜，她也没有去过。

"一件物品的所有人指的是其实际的控制者。"她惊讶地看着我，似乎大受震撼，要我做个解释。我告诉她这是瑞士民法典的说法，不过是法律上的表述罢了。

回到布斯勒，对话便戛然而止了。她恢复了完美女学生的样子，管理者可以信任她，人们也应该信任她，即便不信，也一定会跟随。弗雷德丽卡并不在意她的生活。

女学生弗雷德丽卡不喜欢她的同学，我似乎从没见过任何一个女孩靠近她，跟她说话超过五分钟。她的储物柜没有姓名标签。女生们对她敬而远之。要是发现她跟什么人在一起，我多想看看究竟什么人能引起她的兴趣。由于我从不让她脱离自己的视线，于是便怀着带有几分邪恶的喜悦心情得出结论：相对于人类，她更关注的是思想，即使我们在学校是不能讨论人类的。有时在餐桌上，我能听到她的笑声，那种在睡梦中依然萦绕在我耳畔的无拘无束的笑声。我扭头看去，所有人都神情肃然。

再坚持说我对任何女孩都不感兴趣已经没有意义了。若有人问起，我愿意承认自己深深爱上了弗雷德丽卡。在这里，我们从不谈论爱，尽管在外面的世界人们对此习以为常。不过我们确信，爱情是命中注定。我们也从不说起各自的私事，关于家庭，关于财富，关于梦想。我知道她父亲是日内瓦的银行家，她有一个信仰新教的家庭。但对于她的母亲我一无所知。她的家人没有来看望过她。弗雷德丽卡似乎保守着一个秘密，而我并没有去打探。第一学期临近期末的时候，我们已经密不可分，我再也不用找寻她，或者到她的门口敲门问道："打扰你了吗？"

又有一些信件和指令从巴西抵达：希望某某学生能交到一些朋友，她的成长太过寂寞了。这是校长霍夫斯塔德太太告诉我的，就好像她经营着一家孤独灵魂交友中心。她的回复是：该生（我）结交的朋友是学校最优秀的学生，天赋极高，擅长弹奏钢琴。她也许会成长为勃朗特式的女孩,布斯勒学院将会以她为荣。她是某某学生最好的选择。所有人都仰慕她,而她不骄不躁。这段友谊毫无疑问是有积极意义的。某某对于学习的兴致依然不高,但在法国文学方面取得了一些进步。校长没有提到的是,该学生只说法语,而不像巴西那边要求的那样说德语。然而,遗漏并不算是欺骗。

关于我的晨间漫步，弗雷德丽卡是知情的。我每天五点起床时，室友尚在睡梦中。学校笼罩在一股暗流之下，生命或腐烂消逝，或涅槃再生。我经过室友的床边走向洗手间，避免发出任何声响。我们的洗手间不大，却有两个宽敞的洗脸池，我与室友一人专用一个，也经常一起洗漱。弗雷德丽卡与人同住时，从不跟室友同时洗漱，而是轮流。不过现在她获得了一个单间，显然她的一切表现值得此种待遇。于我而言这无关紧要。我不认为一起洗漱会暴露隐私、引人注目或者令人不悦。如果你常年在室友面前穿脱衣服，很难会产生这种想法。我们也在洗脸池里洗脚，但弗雷德丽卡同样没法与室友一起这么做。我们洗漱的速度很快，有点像士兵或囚犯。浴室是公共的，要使用就得排队。

要想跟我的德国室友轮流洗漱有点困难，因为她总是洗了又洗，或者长时间站在洗脸池前照镜子。甚至，她还会跟镜子聊天。你知道，它们真能做出回应。

另外，我跟她的聊天最多的时间就是在洗脸池前，那时候我几乎有些喜欢她了，她的皮肤散发出香味，小腿儿肉乎乎的。为了把它们的主人拽上山，这双腿肯定相当辛苦，我见过小姑娘们一路气哼哼地来到山顶的模样。她的脚踝虽然纤细，但还是显得粗野壮实。我用德语告诉她，她的脚踝应该属于一个"bursch"，干粗活的小伙计。晚上，她给我的感觉是准备好去参加舞会，不过我也会想象她是穿着皮裤去打猎。

当我忍不住以怀疑且严肃的态度聊起关于身体的话题，弗雷德丽卡便倾听着我的讲述。她说，你在哪里都会看到丑八怪。有些人的模样在我脑海里挥之不去。我跟她描述校长的身体：双腿瘦削，更显得胯部宽大，胸部肌肉厚实。她笑起来。弗雷德丽卡居然在笑吗？她推测我应该是有些反感，说我在对女性身体的感受方面实在是个禁欲主义者。我告诉她有一回，当然还是在寄宿学校里，一个女孩儿偷偷溜到我的床上。她的胸部尚隐藏着，只能感觉到肌肉。她觉得热，我把她丢出去，她便像麻袋似的掉了下去。

"你真是个孩子。"弗雷德丽卡还是这么说。我对于战争几乎没有任何了解，只知道如果有德国军队入侵，家里别墅的地窖里会装满储备食品。那里也是七十个人的避难所。直到五十年代，那些储备粮还没有吃完。我的家人轮流在假期看护我，但没有任何人有时间以及意愿向我解释世界的历史和不公。我也并没有去探索，总是不明原因地迷糊着。但跟弗雷德丽卡的相处中，我必须时时刻刻专注于具体的事情。

许多女孩都有过恋爱的激情或逸事，或是参加过一些舞会。我只在一些旅馆跳过舞，像是在采尔马特的马特洪峰，在瑞吉·卡尔特巴德，在切莱里纳，在翁根①。邀请我跳舞的都是老头，无非为了向我那不跳舞的父亲献殷勤。比起跳舞，我更愿意玩游戏，就穿着巴西寄来的晚礼服和黑皮鞋。那是个阴郁的游戏，我拿一根杆子，上面粘一个小圈，要设法把它投进瓶子里去。父亲与我是如此孤单，有些夜晚为了消遣我们会去大厅。在那里，我依然期盼着进入世界。悲惨的是，几乎全无急切。时间混乱无序。

这些我不能告诉弗雷德丽卡。即使她并不像表面上看起来那般经历丰富，只是她的语气和一些深沉便可令人信服。她应该可以像一个回忆过去的老妇人，或者盲女那样，用一颗干涸的心写出一部爱情故事。

---

① 上述地区皆为瑞士的村镇。

有时候她的瞳孔定在一处，我不敢打扰。

"你是在做梦。"

而她不做梦。她卷了根烟，用舌头封起来。

空闲时间我总在她房间里，几乎都是站着。与我室友不同，她不会躺在床上，也不会因为觉得热就脱下毛衣。弗雷德丽卡痴迷于规矩，总是如她的笔记本，她的字迹和她的衣柜一样一丝不乱。我认定这是她的一种策略，如此便可以隐藏自己，不引人瞩目，不与他人混为一谈，或仅仅是为了保持距离。"你被规矩支配了。"她笑着回答说："我喜欢规矩。"我理解那些从一所寄宿学校顶楼纵身跃下的孩子，就是为了做些破坏规矩的事情，并告诉弗雷德丽卡我的这种观点。规矩就像想法，受你掌控，由你占有。我很想认识她的父亲，但他已经死了。

I BEATI ANNI DEL CASTIGO

无论是在阿彭策尔的街道、牧场还是铁丝网围成的小院里，苹果和梨子都已坠满枝头。一个男孩的披肩布上装饰着圣加仑蕾丝。一座房子上的铭文说道：平和地承受财富。那是一个清晨，我走在山坡上，居高临下地观察我的精神领地。这是我与大自然的密会。登上更高处，尽头的地平线上便能看见康斯坦斯湖。另一所我将会去往的寄宿学校就坐落在那里的一座岛上。在那所学校，我们每天都排成两列并排的纵队散步到灯塔。这每天在一点到三点之间固定进行的散步有种执念的意味。比如和尚也会如此在庭院里转圈，或是转动他们的眼睛。我问自己，有什么能不成为执念？那是一首田园诗，执念般的田园诗。在这所教会学校，用餐时会有一个女孩大声诵读。当诵读声终止，院长示意大家可以说话了。

人们便回到了异教的世界。

突然间,人声和餐具的碰撞声四起。德国女孩们边谈笑边用餐,若是不够吃可以再添一份菜,包括血肠在内。我会要两份甜点,大黄馅饼。那里头没有血。最常用的词是 freilich。举例来说:"我可以这么做吗?""Ja[①], freilich [②].Freilich."

院长是赫梅内吉尔德嬷嬷。她个性开朗,会跟我们一起玩,在院子里欢欣鼓舞地高举双臂接球,也很擅长奔跑。在岛上我们可以做自己想做的事,但绝不能独自出去。我们必须一起行动,如果可以的话最好是成双成对地排好队。不合群的人是无处藏身的。雨

[①] 德语,意为"是的"。
[②] 德语,意为"当然",也可以表示"请便"。

天，大家都待在一个房间，有的听广播，有的阅读犯罪小说，有的茫然地放空，眼神朦胧。年纪最大的德国女孩们做些针线活儿，缝制巴伐利亚花边。赫梅内吉尔德嬷嬷看护着我们，看护着自由。不开心的人会四处闲逛。

我们的浴室朝向一条狭窄阴暗的巷子和一面墙。洗澡水已经备好，温度很高，我感觉自己暖和得好像没有脱掉衣服似的。这里有两座教堂，天主教的和新教的。在康斯坦斯湖上，我们拥有信仰自由。为了打破一成不变的日常，我去了新教教堂，即便巴西的指令是去天主教堂。她指示，我遵从，在她的运筹帷幄之中度过一个又一个学期，一封封信件如无声的警钟。

在我散步时,弗雷德丽卡也还睡着。陡峭的草坡上,乌鸦低低地盘旋着。它们丑陋、自负而残忍,在学校周围寻找着栖身之所。我把它们比作我们的青春。

不到半小时我已置身顶峰，深深呼吸着冰冷的空气。宇宙于我无声无息。这一刻我不需要弗雷德丽卡，也不再想着她。她晚上要读书，可能刚睡着不久。早晨的她总有点疏离，挂着重重的黑眼圈。在山顶时我的状态也许可以叫作病态愉悦。必须孤身一人，才能感受那种独自占有的陶醉和宁静，那种幸福的复仇。我觉得，这种陶醉是一种启蒙，而愉悦中的伤痛源自一种奇妙的领悟，一种仪式。随后，它消散了，那特别的感觉不见了。每段风景都建造起壁龛，将自己封闭其中。

我一路跑下山回到房间，德国女孩还没有打开窗户。她的那些梦，尽管那么轻盈美丽，却使空气变得凝重。而也许那牵起她的手邀请她前往舞会的骑士们，也是呼吸着这空气的。她勉强穿完衣服，衬衣的扣子尚未系上。她惺忪而坦诚的目光告诉我，她不想去上课。

她就是那种必然要去过另一种生活的女孩。她勤奋，充满善意。她的父母也是如此，只是更为勤劳。她脆弱、愚蠢又深情的笑容，昭示着她面对学业的无力。她喜欢任凭房间柔和的空气轻抚着她，显出一种甜美的性感气质。背诵两节诗句，有时还要去理解它，对她而言不是易事。她兀自认定与她同住一室的女孩对德国表现主义感兴趣，便不再另作他想。结果是灾难性的：为了取悦对方，她总是送给她相关的书籍和明信片。她是那种永远不会改变自己已经获取的既定观点的人。一旦什么东西在她的思维中成型，也许会稍有延迟，但她之后所做的不过是不断重复而已。

她身上也存在那种滞后了的孩子气，但不是那种横冲直撞的、充满幻想的，而是伪装的、懒怠的。她穿衣服磨磨蹭蹭，等我散步回来她的床还是温热的。她为自己选择的朋友也是同一类人：一个巴伐利亚女孩，公司老板的独生女。她们会在下课后五点左右见面，到六点钟，她就已经回到房间了。有时她的目光就在天花板上游弋。她曾收到一封信，说她的某个堂兄快病死了。随后的几周里她一直沉浸在巨大的痛苦中，也不断收到来信。那段时间，她似乎从懒散麻木的状态中清醒了，一边满怀心事，一边用一根粉色丝带把收到的信件扎起来，又拆开再次打结，因为之前扎得太紧了；她扔掉了信封，然后又把它们捡回来熨烫平整，把信纸分别装回去，提起丝带，重新打了个蝴蝶结。她没有把信装进镶木盒子，而是放在写字台上，那里还放着她父母的照片和一些点心。抽屉里装着《圣经》，那是学校的。最后，一封装在黑边信封里的信来了。这封信没有像往常那样在用餐时发放，而是校长亲手交给她的。她坐在桌前，看着那封信，将它打开，读完，然后重新装回信封，转过身看着我。她的动作带着一种节奏，似乎有人将时间暂停了。她庄重而安详地拆开包装纸，松开粉色丝带，把镶黑边的信封盖在最上面，重新用丝带系上，打好蝴蝶结。

大雪在图芬，在阿彭策尔降下。布斯勒学院的生活平静如水。外面传来铲雪的声音。我们听见非洲小姑娘在咳嗽。布斯勒学院用最高规格的欢迎仪式接待了这位非洲某国总统的女儿。对于其他学生来说，这好像有点过分了。我们像站岗一样排成队列，立正迎接总统、夫人和那小姑娘。霍夫斯塔德太太看到他们时激动得像是他们豢养的宠物。我们搞不明白,这是向这个非洲国家表示尊重,还是因为拥有总统身份才享有的优待。值得称赞的是,在瑞士联邦,总统是谁并不引人关注,同样对他的亲随也没有特殊照顾。我的家族出过一个联邦总统,不过他一定会拒绝类似的欢迎。他的墓碑十分简朴。在瑞士,我们把来访的列宁称为"暴脾气"。在图芬的学校,没有暴脾气的人。在阿彭策尔,在每个女学生家里,每一件陈设、每一面镜子都是平静的。如果这是一种福气,那么我们都是幸运的姑娘。当德国女孩们说"Grüß Gott[①]",有些

[①] 德语,德国南部和奥地利常用的问候语,愿意为"愿上帝问候你"。但来自其他语区的人可能会误解这句话,认为是命令式的"问候上帝"的意思,因此视其为侮辱。

老人会用咒骂回应女孩们的问候。那些老人并不渴望上帝,不想要这种祝福,怀疑那是侮辱的话语。女孩们从小路的拐弯处下到村子里,那里的一堵矮墙上写着"Töchterinstitut"(女子学院),像是一句诅咒。灼人的、疯狂的斯堪的纳维亚之光照在墙上。一扇窗户上的花边抖动了一下,我们的目光便被纠缠住了,仿佛那就是地平线。校长尊重我们每个人,以及我们的家庭。她监护着我们。有些人对生活过度敏感,就遭到嘲笑。

非洲小姑娘就是从那时开始咳嗽的。她已经学会说德语了,霍夫斯塔德太太会给她念《马克斯与莫里茨》①,这是阿彭策尔孩子们的娱乐方式。霍夫斯塔

---

① 一部德国诗歌插图故事。

德太太照顾着她，为了保护她的喉咙，将她天蓝色外套深色天鹅绒领口和袖口处的最后一颗扣子都扣得紧紧的。小姑娘变得很悲伤，霍夫斯塔德太太对于转移她的注意力已经无计可施。她也许应该通知总统先生的。"尊敬的总统先生，您的女儿对什么都不感兴趣。"孩子的无趣是纯粹的绝望。一般来说，孩子们只需要一点点的东西就能高兴起来，人们就想知道那"一点点"究竟是什么。或者有人说，他们不需要任何东西就能高兴。那么对于非洲小姑娘来说，那再也无法让她开怀的"任何东西"又是什么？一首美国歌曲里这样唱："吊死的人儿做叮咚。"小姑娘不唱歌，也不自言自语。有时候她会在院子里抬起瘦弱的膝盖蹦蹦跳跳，或是绕着圈子跑，有些梦游般的，让她的灵魂游荡。临近圣诞，烛火摇曳下,大家请她唱一首《平安夜》。霍夫斯塔德太太把她推到大厅中央。法文老师坐在钢琴前,用她那双粗壮的男人似的手弹奏。小姑娘用暮气沉沉的眼睛看向我们,悲伤得像个孤儿。烛光中她的瞳孔斑驳闪烁。她用一丝微弱的声音唱歌,那声音不是来自她的身体,而是像从地下钻出。霍夫斯塔德太太为她热烈鼓掌,亲吻了她的额头。Mein Kind,Mein Kind[①],霍夫斯塔德太太轻声唤她,爱抚她的头发、细细的辫子、肩膀、紧身上衣和喇叭裙,一根根数着她的手指,仿佛那是一个娃娃。而小姑娘像是死了一样,毫无反应地任由她抚摸着自己。

"那小姑娘真有天赋,"我室友说,"乐感好极了。"

---

① 德语,意为"我的孩子"。

她在德国没有听过别人这样演唱。于夸奖上我的室友是十分慷慨的,她擅长优雅地夸大其词。她确实觉得非洲小姑娘唱得这么好吗?我们倒感觉她像是走调了。

"走调?"她说,忧心忡忡地重复着这个词。然后她固执地摇了摇头:"不,没有走调,但是……但是在副歌部分她咳嗽了。你说呢?"她问道,"她是不是病了?"

"可能是肺结核。"

"真的?是生病了吗?"

这样说着,她对非洲小姑娘音乐天赋的热情也渐渐烟消云散了。

现在,我的室友非常担心。这种肺病是会传染的。她听人说,在德国,结核病已经被消灭了。我问她有没有什么祖辈因结核病而死,"Nien, nien①",她说家族里每个人都是自然死亡的,"Niemand war krank",没有人生病。她忘记了那镶黑边信封里的报丧信,一定认为那不是规则的一部分。而规则就是,家族中每个人的离世都是因为他走到了生命自然的终点。她的父母会老去,非常衰老,这不可避免。我的室友很健康,吃很多甜食,在餐桌上全无禁忌地狼吞虎咽,也从不感冒。她在床上躺好,说"晚安"之后,下一句就一定是"早安"了:这是相互契合的片段所构成的规则程式。但现在,非洲小姑娘的病占据了她的脑海,音乐天赋的事已经被抛到脑后了。

---

① 德语,意为"没有"。

她说，黑人的音乐天赋普遍较高，踢踏舞跳得好。她也曾学过并且喜欢跳踢踏舞。她向我展示了一些舞步，技术动作是正确的，但显得有些笨重。她想，她们可以来一个双人舞，年末晚会就是个不错的机会。寄宿学校总是会在年终举办晚会庆祝节日的。她在脑海里规划了这场在学院的院子里举办的演出，分出各人负责的部分，并把其中一部分交给我来完成，我需要扮演一个吉卜赛人。她兴致勃勃，容光焕发，又突然，灵光一现。她说自己还可以朗诵一首克洛普施托克的诗歌：她，那个德国女孩，跳踢踏舞并朗诵克洛普施托克。她的父母也会到场，我们所有人的父母都要来。她给观众都安排了座位。

"弗雷德丽卡，你的朋友，"她说道，"就来一个压轴演奏，弹一首加沃特舞曲或是葬礼进行曲。"

我认真聆听着她的计划。每个人都有自己的天赋,都有流淌在血液里的原始冲动,每个女孩都有属于自己的踢踏舞,她也不例外。她似乎完全不想停止这全然发自内心的、无尽汹涌的欢欣。很快她就会哭起来,泪水盈满双眼。然后她双腿发软,瘫坐下来,被自己的快乐征服了。

霍夫斯塔德太太的丈夫性格软弱,是不敢去抚摸那小姑娘的。而他强势的妻子是校长,可以宠爱一个女学生而讨厌另一些。霍夫斯塔德先生不加思索地认为她们都一样,都是迷人的,而一年后一些衰老的信号便隐隐闪现。他是妻子一些激情因子,一些纯洁情感的从属。如果"纯洁"可以指对性的高度冷漠、无所追求,那么他们俩都是纯洁的。霍夫斯塔德太太有某些偏好,在他们三十年前结婚的头几个月便已向他表明了。那时他的妻子尚不如此粗壮,甚至几乎是纤瘦的,比他高出许多,有一种优雅的魄力,颇受尊重。她的下巴突出,下颌宽大,眼睛小小的,显得有些凶狠。她总是井井有条,作风正派,行为举止散发出一种只属于职业的、视其为天职的、意志坚定的世俗教育者的独特气质。

他们恋爱的时间很短。她迅速决定要跟他结婚,在床上也仓促了事。丈夫将人分为两类:弱者与强者。寄宿学校是强大的机构,因为从某种意义上说它是建立在勒索的基础之上。他的婚姻也是如此。他需要那个强壮的女人,呼吸时会鼓起胸脯,对他也像对女孩们那样极其严厉。他的办公室是拐角处的一个小房间,称为财务处。生意进展顺利,但偶尔他会在这个女儿国里感到不便。有时他会跟兼任网球、体操和地理课的男老师聊天。那是个干瘦的男人，皱纹早早便出现在他的脸上，嘴巴却很紧致，仿佛是它咬住了最后一口残余的青春。这是一种先于时间的凋谢。

有时候两个男人会相约去镇上，男老师用精心培养的少年感装扮自己，步伐矫健轻快，胸膛、腰臀都那么挺拔有型，远看几乎可以说是个帅小伙儿，这在老人聚居的村镇可是难得的景象。但一旦走近，一张脸就一目了然了。两人一起走进咖啡馆，却彼此无言。也许他们觉得自己被讨厌或遗忘了，或者他们认为在那个地方被世界遗弃的感觉很好。只需一个小小的念头飞出，便能自由自在地展开一段畅想，不过若你不抓住它，就会感到愈加孤独。这些女孩的人生才刚刚展开，霍夫斯塔德先生知道她们梦想着过上好日子。而他的前方，什么都没有了。每年都会有新的女孩，带着对生命奇妙馈赠的无限憧憬而来，他的妻子也是如此承诺。未来是她们的，听到这句话，他就会感到心头一刺。他也想过要报复她们的梦想，并且知道如何实施。然而，他却越来越喜爱这个非洲小姑娘，觉得他们之间有种亲近感。他正在自己的财务办公室陶然自得，便看到小姑娘独自在院子或者花园里，毫无喜悦地抬起膝盖，蹦蹦跳跳，然后停下来，盯着地面急切地挖起土来。

新成员的加入总能引起好奇。那女孩是在一月底来到学校的。机缘巧合，我们聊了几句。实际上，我们什么也没说，而是哈哈大笑起来。她看起来有点儿像吉尔达①,一头红发极为夺目,就如刚刚画成一般鲜艳。当她走进餐厅的时候,一切突然安静下来,人们握着餐具的手纷纷悬停在空中。我们若是水手,应该已经吹起了口哨。那时弗雷德丽卡正等着我下午一起去散步,而我迟到了。

"你见到新来的女生了吗?"她问。是的我见过了,看得十分清楚。

话题很快就转移了,大概是谈到了波德莱尔。他曾有一个女伴是克里奥尔人②。红发女孩也有些像克里奥尔人。那天晚餐时我们便已像相识多年的老友一般,坐在一起谈笑风生了。坐在旁边的女孩都一言不发,

---

① 1946年美国同名电影的女主角。
② 一般指欧洲白种人在殖民地移民的后裔。

用眼睛和耳朵追随着我们。我身边有个西班牙姑娘,为了保持身材基本只喝酸奶。

"到我房间来。"红发姑娘米歇琳说。她拥抱我,给我一个吻,她应该也是这样亲吻自己的马吧。我走进她的房间,她流水账一般对我讲述了自己的大部分经历。

我告诉她我不得不离开了,因为我得在自己宿舍睡觉。

"哪个宿舍?"

"小孩子那间。"

她笑起来:"你还是小孩子吗?"

太可怕了,她说话的方式就像面前坐满了观众。我匆匆跑出来,经过弗雷德丽卡的房间却不敢进去。已经太晚了,每个人必须在九点一刻之前回到房间。

上床睡觉的时候，我的心情好极了。室友梳完头，说道："新来的女孩又优雅又活泼。"虽说拥有那样的美貌，优雅于她并不必要，但这并不是与她最相称的词汇。优雅属于弗雷德丽卡。

米歇琳对自己的美貌很是迷恋，带着它四处招摇，如同一只花哨的热带鹦鹉。弗雷德丽卡比米歇琳更漂亮，却从不炫耀。米歇琳没有那么文雅，自然应该向所有人奉献出她的美丽，并以此为荣。她是个外向开朗的人，这是她吸引我的第一个特质，另外还有她的欢快。结交不久，她就向我展示了自己的衣服。她的衣柜里仿佛洒满了阳光。当她拥抱我，我便任凭她抱着，感受她乳母般结实健康的身体紧贴着我，那么柔软、年轻、生气勃勃。她像拥抱一群人一样拥抱我，没有任何罪恶和过错。我想说，那几乎是真正同志间的拥抱，虽然同志一词的意义已经被歪曲了。我们之间是同志情谊，不像我跟弗雷德丽卡，甚至不敢彼此触碰或亲吻。或许我们是被欲望所困扰，因为它与我们给彼此建立的印象是相冲突的。

有几次我曾产生了轻抚她的冲动，但她的冷若冰霜又令我退避三舍。米歇琳的小眼睛总带着惊奇、空茫和恬静的神情。她生气时，眼睛就更小了，就像虹膜干涸了那样。她的美丽是由整体协调而成的。我在自由活动时间去找她变成了一种习惯。我们大部分时候都在闲聊，很少说些严肃的话题。任何小事都能让她放声大笑。她不学习，什么也不在乎。她说要跟老爸一起办一场盛大的舞会，却并不提起母亲，可能她已经去世了。逝者总会被人遗忘的，她嘴里只有老爸。她会邀请我参加舞会，我则会成为她最好的朋友。

"难道我们不是成为朋友很久了吗?"

"一直都是。"

我们会给彼此写信。她邀请我去她的别墅,想住多久就住多久,老爸也一定会高兴的。她的老爸会热情地接待我,他对女儿的同学都是这样的。我的老爸也会对我的朋友们这么热情吗?事实上,我的朋友他一个也不认识。可能是我因为妒忌不让他见?我老爸的别墅是什么样的?我的老爸,住在旅店里,所以我没有家。哦不,我有,但不是跟老爸的。她的老爸很年轻,当他们一起出门时,她会给自己化个妆,这样就像是他的女朋友。我想到我的老爸,想到寒假和暑假里数不清的旅店,想到头发花白的那个老头,清冷而忧郁的眼神。那种神色也会渐渐出现在我的双眸中。

米歇琳滔滔不绝地设计着她脑海中的始终如一的

未来，那里一定有聚会、喧闹、荣耀和老爸。我忽略了弗雷德丽卡，几乎不再去赴我们的约会。当弗雷德丽卡看见米歇琳在众人面前把手搭在我的肩头，我觉得万分羞愧，很不自在。当我在米歇琳房间或者与她独处时，我是很自在的，但我不希望弗雷德丽卡看见我。

而弗雷德丽卡正看着我，我感受到她投向我的悲伤眼神，简直就是责备。我跟米歇琳相处得很快乐，虽然她的欢欣和她的老爸让我厌烦，但厌烦之中也会有一种蠢笨的开怀，一种哀伤的热忱。

对于生活，米歇琳只想尽情享受，我不也是如此吗？有时我会对忽略弗雷德丽卡抱有深深的歉意，但另一些时候这又给了我某种满足感。我是故意这么做的。弗雷德丽卡还是一如既往，不跟任何人讲话，脱离我们所有人，脱离整个世界。当我看到她，很想过去跟她打招呼，告诉她这只是我的一个玩笑，一点消遣，请她不要在意。这个念头一旦产生，我的行为就会与其南辕北辙。也许我是因为自己对她产生的爱慕而惩罚弗雷德丽卡吗？

近三个月过去了，第二学期即将结束，我已经抛弃了弗雷德丽卡。每天晚上我躺在床上，室友已经入睡，发髻妥帖地倚在枕头上，那些与弗雷德丽卡共度的时光便开始在我的脑海里闪回：她跟我一路走着，有时我说话会不由自主地提高嗓门。我计划着第二天一早就去找她，一切还会回到原来的样子。而到第二天，我又撤销了计划。当我们在走廊相遇，她会对我笑笑，却不停下脚步，甚至不给我说话的机会便如影子一般溜走了；当大家同处一室，我无法再跟米歇琳

I BEATI ANNI DEL CASTIGO

玩笑,而是一直盯着弗雷德丽卡,期待一个回应的信号。可她却总是不动声色。

那几个月里,弗雷德丽卡从没找过我,反倒是我一直试图用这双老妇人般的手紧紧攥住她。一天,她父亲去世的消息传来,弗雷德丽卡要离开了。一种无法抑制的恐惧向我袭来,我立刻冲到她的房间。她温柔地对我说,她要去参加父亲的葬礼,不会再回到布斯勒学院了。我陪她走到图芬小小的车站。那是下午三点,天气很热,天空是湛蓝的,无穷无尽的薄雾弥漫着,景色美不胜收。她几乎不说话,急匆匆地走着。我走在她后面,那么害怕,猛地追上去。

我表白了自己,表白了我的爱,却是对着风景而不是她。火车开走了,像玩具似的。她说:"别难过。"留给我一封短信。我失去了拥有过的生命中最重要的东西。天空依旧湛蓝，无知无觉，一切平静甜美，如诗的风景恰似那如诗而绝望的青春。这风景像是在保护着我们，阿彭策尔的白色房子，喷泉，那行"女子学院"的字，这像是一个尚未被人类改造毁坏的地方。人会在宁静中迷失吗？灾难的气息遮蔽了风景：这一年中最美丽晴朗的日子之一，无法挽回的悲伤却降临在我身上。我失去了弗雷德丽卡。我请求她保证给我写信，她同意了，但我觉得她不会那么做。我很快就给她写了一封深情而不知所谓的信，并期盼着她的回信。我觉得她永远也不会给我写信，毕竟这不像她。她应该会消失得无影无踪。

她正是如此地消失了。我回到学校，痛苦度日。这也是消磨时光的一种方式。我翻看她在车站留给我的信，两小张七厘米见方的格子纸。上面的字迹沉睡着，

I BEATI ANNI DEL CASTIGO

犹如纸质墙壁上的一方石碑。我耐心地练习模仿她的笔迹，精益求精直至能够以假乱真。我看着那信，就像观赏一幅蜿蜒起伏的画作。她对我说了一些玄奥的事情，丝毫不提及有关我们的友谊。那些规劝，那些谎言，那种不具名的、泛泛的、与世隔绝的语气，对任何人都能适用。最后一行她写道："亲切拥抱你"，一个程式化的句子，没有一丝鲜活的生气。我们从未拥抱彼此，我们之间也不曾如此温情脉脉。她的信是某种形式的布道，赋予我一些品质，又赋予我毁灭的倾向。我没有像保存遗物般珍藏那封信，也没有在躁动阴郁的春天将它撕碎丢入虚空。一段时间里我把它装在衣服口袋里陪伴着我，慢慢地，纸张干燥破裂，墨迹也褪了色。弗雷德丽卡的话语将要被埋葬了。我们大概可以标记某些词句，做好档案卡，存放在记忆里。

复活节假期我回家了,确切地说是回旅店。当地的一家人邀请我们去吃午餐,然后给我们展示了一些旅行照片,有古迹,有风景,还有他们自己。那是一对老夫妻，品德高尚，善良富有，吝啬或者慷慨皆谨慎有度，执着于保持愉悦的心情和好好生活（如果真的存在好好生活的可能），妻子尤其如此。老妇人干瘪僵硬，头发整齐地束起，穿着长长的看不出形状的衣服，用皱缩的脑袋上一双呆板的眼睛，不甚友好地看着青春的我。如是有什么好笑的事，出于善意或者宠溺，一阵大笑会从老先生有型且略显丰满的嘴唇间爆发出来，他的眼神亦变得狡黠，仿佛这笑声捆绑着某种恶意。他的西服背心里装着祖父或者其他家族中祖辈的怀表，经常掏出来看看（并算计着时间）。那套深色西服他已经穿了多年，为他增添几许尊严。

面朝湖水的花园里，一条狼狗在篱笆外咆哮着，狂躁地来回踱步。雾茫茫的第二天清晨，主人带着父女俩去湖边散步。妻子一边监督着女仆的工作，一边准备野餐。为了这次愉快的远足,一切都是精心设计过的。传递给我这一信息的是女人充满责任感的沉默表情,她正审视着惨淡的阳光,似乎那会是什么隐患。两小时后,远足圆满结束。他们是我父亲最好的朋友。

自从来到布斯勒学院,我们就一直幻想着离开的那一天。现在,这一天来到了,比我们预想的要早,但完全是按照时间表的安排。鲜花开满了草坪,春天在极度的热烈中宣告结束。酷暑伴着阵阵热风拉开序幕。牧场开始割草。窗户总是大敞着,空气里弥漫着一种苦涩和宿命感。一年过去了,而尽管如此,并没有什么事发生。德国女孩热坏了,挨着窗户坐下。

米歇琳向所有人许诺,会邀请我们参加她的舞会。她每天穿不同的衣服,那些衬衣令我们对自己的衣着感到自卑。我们的衣服更简单，更适合学生，而米歇琳的衣服都是她的老爸挑选的。我们很快就能见到他，但现在已经跟他相处得十分愉快，因为米歇琳总是讲有关老爸的事情，从来都是三句话不离老爸。他是她身体里第二个声音。

"那么你的母亲呢？"大家问她。

"哦，她不在。"

"她去世了吗？"

"不完全是这样。"

当她注意到有女孩显露出担忧的模样，就挽起她的胳膊。"她没有去世，小可爱。"可此时她的眼神里却出现了一抹辛辣。

有几次，我走到图芬的车站，凝神倾听：我听到弗雷德丽卡那一声简短而普通的"再见"，那么简单，那么清醒。这样的告别在漫长的岁月里不断上演，风景用荆棘和尘埃将它们层层覆盖。

关于她父亲的死，我什么也没能说，似乎这件事从未发生，似乎一个从未存在过的人死去了。弗雷德丽卡正是因为这样一件事离开了学校，离开了我。我没有看到她眼中有什么情绪，而我自己也没有因为她父亲的死而伤感：是她突然的离开吓坏了我。银行家先生把我们分开了。

我赶到时，弗雷德丽卡正在折衣服，它们已经一切就绪。衣柜里空荡荡的。我尝试着含混地说一句"我很抱歉"，弗雷德丽卡合上了行李箱。

与此同时，我的父亲正在一本标题为"我的简历"的蓝色布面书上，记录有关我生活的日期。关于布斯勒学院的有这些：

10月31日，他来探望，在圣加仑晚餐。

11月9日，他来探望。

12月17日，学校圣诞聚会。

1月3日，去探望他。

4月25日，在图芬。

5月8—10日，去探望他。

这些记录从我八岁起不断重复着，他来探望我，我去探望他。学校的名字变了又变，然后便是重复，只有地点不同。可弗雷德丽卡的名字没有出现在蓝色布面本里。我依然认为这些记录是我未来生活的预言。我快满十五岁了，这本关于我苍老童年的书已经填满，而我却什么也不知道。

霍夫斯塔德太太呼唤着她的狗，一只跟女孩们一样喜欢晒太阳的斗牛犬。她给听话的小狗擦了擦口水，亲切地唤它："我的孩子。"我听见霍夫斯塔德先生用

"妈妈"称呼他的妻子、我们的女校长。在阿彭策尔，沉睡的柔情似乎纷纷在春天苏醒，动物和青春少女们备受宠爱。咖啡馆和文具店老板面带崭新而市侩的笑容向她们问好。

空气中有一丝复活的气息，谋杀亦变得优雅。几对女孩坐在咖啡馆里。即便在春天，也几乎无人路过。天气很热，图芬只属于她们。玛丽安做出了选择，跟她的女友一起散步。她说："我要那个。"而那个慷慨的女孩已经将部分的自己送给了她。她们就像几个月前的弗雷德丽卡和我那样一起散步。可现在，弗雷德丽卡已经离开了。自从布斯勒学院在阿彭策尔建立并迎来第一届寄宿生，女孩们就是这样肩并肩散着步，代代相承。

校长在宽敞恢宏的餐厅里分发信件时，我们会盯

I BEATI ANNI DEL CASTIGO

着她的手。她的动作慢慢的，仔细谨慎。她假装弄错，最后才发给我。而我大老远就能认出信封上的邮票和信件的特征。来自巴西的信封比较薄，航空邮票带着锯齿形的边，像被虫子咬过的果子。我知道弗雷德丽卡不会给我写信。但我坚持探索悲伤极限的乐趣，把它当作恶作剧。失望的快感于我并不是新鲜事。八岁时我在第一所教会寄宿学校里就已经品尝过这种滋味了。我想，那些受管教的日子也许就是最美好的时光了。有一种细微却持久的激越，一路伴随着那些被管教的甜蜜岁月。

那时我们戴着印有学校首字母缩写的蓝色贝雷帽。我穿着制服，戴着贝雷帽，在车站等待从圣哥达开来的火车。这趟火车会在大风呼啸的站台边停留三分钟。人们看我的穿着没什么破绽，皮鞋擦得锃亮，便放我进去了。我穿戴整齐地站在那儿,为了看她经过这里,然后登上安德烈亚·多利亚号跨越大洋。她,就是我的妈妈。车站的二等舱自助餐厅与我们垂着床幔的宿舍很相似,也像一间护理医院。我似乎看见贫苦的人们躺在里面,命运的混乱随着他们的呼吸绘上玻璃。从站台另一侧看过去,如同一组生活小品。

总之,我头戴印着校名的贝雷帽,站在另一边被守护和捍卫的世界里。我怀着强烈的喜悦,在脑海里构想着痛苦和遗弃。我问候车头、车厢、隔间、每个部件、天鹅绒布、陶塑的乘客、陌生人、默默无闻的伙伴。建立在痛苦上的快乐是邪恶的、有毒的。这是一种报复,不像痛苦那么纯洁。我站在一座荒凉车站的站台上,风吹皱阴沉的湖面和思绪,扫过云层,刀削斧砍般将其瓦解,在那里我们可以瞥见最后的审

I BEATI ANNI DEL CASTIGO

判,毫无凭据地给我们每个人定罪。

那所学校已被夷为平地,不复存在了。当我得知此事,简直无法隐匿内心的满足。我曾认为它坚不可摧。甚至大理石台阶,连同那些宣告纯洁和死亡的、薄纱围绕的床铺,都一起被摧毁了。我告诉弗雷德丽卡这一切,对她我可以坦诚,这建筑的终结给予我一种"完美的满足"(某张塔罗牌上这样写道)。我还要告诉弗雷德丽卡,可能是我们的思想,或是其居住在纯真年代的共振,毁掉了它。弗雷德丽卡说,纯真是现代人的创造。

我们开着玩笑,猜测布斯勒学院还会存在多久。它似乎应该永远存在下去,在光辉灿烂的平静中为了未来的一代代人存在下去。弗雷德丽卡站在学院围墙的阴影里谈笑。树木的影子像旗帜一般,凸显出那种不朽。

我看到她的目光中有一层铅沉、昏暗的薄翳，桀骜闪烁在她的眼睛里。那双眼睛，有时我以为它是靛蓝色的，实际上却是苔藓沼泽的泥绿。

开朗爱笑的比利时女孩米歇琳招呼我过去。她没有意识到，快乐也可以变成忧愁，变得让人难以忍受。米歇琳觉得热，脱下了她的毛衣，给感到冷的我穿上。我们一起举起手臂,我能感觉到她的温度,甚至这温度都是快乐的。她的皮肤散发着芳香。

"玩得开心。"

似乎是弗雷德丽卡在说话,但她绝不会这么说的,除非对象是濒死之人。米歇琳笑起来。她的牙齿大小适中,均匀整齐,额头低矮,去图芬镇上的时候会涂上口红。镇上有一个瘸腿的男人,两个脸色苍白的绅士,手里拿着干草叉,仿佛要完成什么宣誓;一位擅长制作奶油和千层酥的糕点师,几个梳着发髻和辫子、徐娘半老的妇人,一些玩竖笛的孩子。房屋的窗子镶着白色的边,一个金色圆球安在钟楼塔尖。镇上的那条街,刚刚展开便结束了。"Wir wollen kein Glück"(我们不需要福气),镇上的人们总是这么说。

米歇琳的老爸把福气都给了女儿,驱散她的所有烦恼,她不能有任何愁绪。老爸还为她在比利时举办舞会。远远地,我看着弗雷德丽卡。女孩们的幸福和快乐都与她无关。她低着头,目光落在一本书上。

狂欢节,我和米歇琳一起跳了舞,所有学生都必须戴着面具跳舞。霍夫斯塔德太太和丈夫,学校的会计,一动不动地端坐在大厅里,像两个不甚严格的警察,看守着我们。大厅专门为舞会装饰一新,墙上挂着各色饰带,到处都是徽章饰品和棉花糖。弗雷德丽卡没来参加舞会。她表达了歉意,就回房间去了。米歇琳跟随着节奏扭动腰肢。可能对这会儿的她来说,快乐也变得有些吃力了:她低矮的额头挂满汗珠,双颊通红。老爸会帮她擦脸,那张将要枯萎的脸。她的美丽变成了拙劣的戏仿,青春的脸庞中隐匿着老年的画像,欢乐中埋伏着虚弱,就像在有些新生儿的脸上，人们似乎认出了刚刚离去的老人。

只有非洲女孩是忧郁的。她的忧郁是有节制却不间断的。我观察过她，认为那是一种绝望者的悲伤。她不再让校长牵自己的手，它们除了触摸她思绪的虚无，什么也不碰。我看到她采了一些黄色的花朵，将它们温柔地拢在怀里，像怀抱某种生物似的轻轻摇晃，低声唱着一首小曲，眼睛直愣愣的。然后，她把它们丢在地上，埋进土里。她是一支掉队的部队里一名小小的通讯员。

她四处看了看，缓慢地移动身体，像刚刚从噩梦中惊醒似的，僵硬且恍惚。

"你好。"

我跟她打招呼，但她没有回应。弗雷德丽卡和我从来没有跟她说过话。她在布斯勒学院的生活好像只

I BEATI ANNI DEL CASTIGO

跟管理者有关。她上私人课程，没有朋友。如果说我们终于在圣诞节听到了她的声音，也只是因为她被逼着演唱了《平安夜》。对大多数女孩来说，她是总统的女儿，这令她付出了代价。有些时候，大伙儿渴望人人平等，就会强行设置一种想象中的民主。如果一个女孩受到最高规格的迎接，就像她来的时候，大家鼓掌欢迎了一位非洲国家元首，那么这些掌声最后将会化为针对她的喝倒彩。

因为一种无须言语的默契，在寄宿学校的女生中，从一开始就会不带任何感情地选出一个被孤立的人。这并不是由一些人教唆另一些人去做的，而是一种普遍冲动。是那些棍卜术士般邪恶的眼睛选择了受害者。没有什么充分的理由，只是运气不好。她什么也没做，便被卷入了这件事，赋予她一种被命运强加的真实感。

她童年的衰败显而易见。她开始咳嗽，不再说话。在翻阅霍夫斯塔德夫人送给她的那本书时，苍白的手指停留在一幅插图上：一堆泥土和一个十字架。

在学校的最后两天里，我对她生出一种亲近之情，一直尾随着她。我想，不快乐的人是不会发现有人在窥视自己的，于是我就开始窥视她的生活。也许我想看的并不是她作为人的存在，而是她的不快乐。我就像在学年开始时追随弗雷德丽卡那样，无时无刻不关注着非洲女孩。我的注意力只停留在她那里，停留在那件事情上：她的不快乐。我思考着相互接触的对立面，思考着使对立面形成共生关系的一种相互竞争。我还思考着埋藏我们思维的墓穴。而那个女孩什么也没有发觉。

人们见到的仿佛是一个死去的人：她的头发仔细

I BEATI ANNI DEL CASTIGO

地编成小辫,圆圆的眼睛失去了神采,嘴角牵出一丝孱弱的笑容,像是永别。他们给她穿上一件天蓝色的棉夹克,一名瑞士司机让她坐进一辆豪华轿车。学院的管理者一字排开:眼中泪光闪烁的霍夫斯塔德太太,还有她的丈夫。有两个女孩儿在打网球,而我则站在通往城镇的路上一个拐角处,汽车就从我面前经过了。那非洲女孩像机器人似的,低着头,只抬起手挥了挥。

米歇琳也走了。她亲吻并拥抱了所有人,这是送给学校,送给她在这里度过的时光,送给她那些引发了更多欢快的笑声,盛大的告别。她跑向我,头发在风中飞扬。她也亲吻和拥抱了我,双臂像翅膀般围拢。我不会忘记她华丽的舞会,整个欧洲最美丽奢华的舞会,还有她的老爸。他会在比利时盛情招待我们每个人。

"说定了。"

"说定了。"我回答。

再见了,亲爱的米歇琳。

老爸没有来,接走她的也是一辆深色的豪华轿车和一名司机。他把行李装进后备厢,将化妆包递给她,为她打开车门。米歇琳也走了。

斯堪的纳维亚的女孩们最早离开,正如她们家乡午后便会落下的太阳。她们悄无声息地走了。轮到玛丽安了,来的同样是辆深色汽车,她上车后摇下车窗,甚至没有看我一眼。每次霍夫斯塔德太太都会来到院子里,对司机们彬彬有礼,也因来者不是女孩们的绅士父亲而微微失望。她也会给向她屈膝行礼的女孩一个最后的吻。我的德国室友是由父亲开着黑色奔驰亲自接走的。我们在房间用贴面礼无趣地告了别。再见,我也不会再见到你了。豪华轿车的到来渐渐稀少了。房间空无一人，窗户被遗弃在风景中，床铺已经撤空，肥皂还湿漉漉的，被泡沫覆盖着。

我是最后一个离开的学生。体操、网球兼地理老师会送我到车站。我告别了霍夫斯塔德太太，霍夫斯塔德先生。我的成绩很一般。意大利女孩正准备出发。她长着一对厚嘴唇，身材又高又挺拔。她父亲长得跟她一模一样，厚嘴唇，窄鼻梁，近视眼，看不见的眼睛藏在镜片后面。他穿一件深色条纹外套，笨拙地噘起嘴试图亲吻霍夫斯塔德太太的手。意大利女孩穿平底鞋，头发乌黑，走在母亲和帮她提行李的父亲中间去坐出租车。父亲和女儿的袜子脚跟处都磨破了，但鞋子却是新的。夫妻二人有些许不自在和懊悔，为他们唯一的女儿，那个如此高挑的大姑娘感到忧虑。她的嘴巴模仿着说话时，下巴就消失了。谁知道明年他们会把她送去哪里。对他们而言，瑞士的一所寄宿学校可做参考。

后来我见过一张年轻女子的照片，跟她很像，挺拔地站着。我们的祖辈不也可能就是那些照片里不知姓名的女孩吗？至少对于我们这些在寄宿学校度过花样年华的女孩来说，正是如此。我们在她们的脸上看到了自己的伙伴。一种奇异的熟悉感把我们联系在一起，那是对逝者的敬拜。我们认识的所有女孩都住进了我们的脑海里，如此便又变成新的一代人，以死后才得盛放的方式回归。她们睡在排成一列的床上，如苦行者栖息在我们的额头。我重新见到八岁时的伙伴，她们躺在洁白的床单上，面带笑容，眼帘低垂，目光已不复存在。我们与她们共享这些床铺。在监狱也是如此，人们不会忘记自己的狱友。这些面孔滋养着、吞噬着我们的头脑，我们的眼睛。时间不存在于那一刻，童年即是暮年。

在圣加仑我登上开往苏黎世的火车，头等座。博士先生，我的父亲，在站台等着我。他摘下帽子，我们一起回到旅店里的家。几乎是夏天了。复活节时天空也是这样蓝，福音派教堂的钟楼上依然站着一只公鸡。有些东西是不变的。

"你开心吗？"

"是的，爸爸。"

我们的对话里也存在着，某些不变的东西。

一年后我得知，霍夫斯塔德太太与丈夫在阿彭策尔的一场车祸中当场死亡。他们的一个儿子也在这次事故中去世。他们是我们的老师里最早去世的，其他的都很长寿。他们生活稳定，通常居住在气候宜人的地方，我猜想教育孩子这件事也不会令他们太过费力。也许他们也像霍夫斯塔德夫妇那样，曾经对一个学生产生过偏爱，这对于学校的管理者来说并不过分。很难想象如霍夫斯塔德太太这类人，经过多年的自我克制和有意识的补偿心理，从未有过牺牲他人而把稍多一些的关心给予某个女孩的时刻。老师的心里大概是怀有怨恨的，这种怨恨就表现在他们的脸上，他们的语气里。应该说，这是一种对于整个人类的怨恨。也许正是因为这种怨恨，他们本质上才是好老师。

霍夫斯塔德太太在去图芬镇上或者陪我们去圣加仑听音乐会时，总是忧心忡忡，在休息时的人群里显得格外阴郁。她热得满脸通红，鼻子与上唇之间沁出一排闪亮的汗珠。她自然是无法享受音乐会的,看护我们是她的职责。

她跟我们每个人一样,都来自围墙外的世界,但我们不觉得那个世界对她是友好的。即便实际情况十分顺利,霍夫斯塔德太太总是担心发生最糟糕的事。那天晚上在圣加仑发生了一场猛烈的风暴,倾盆大雨从天而降,冰雹噼里啪啦砸在地上。我们不得不原地等待。恶劣的天气对我们来说非常有趣,可以推迟返校的时间。而霍夫斯塔德太太的神色却冷峻得像犯了什么错。她眺望着地平线那头未知的土地,似乎灾难随时都可能从那里袭来。

我们是可塑的,她塑造了我们。可这似乎想要捉弄她的暴风雨,用她的眼睛怎么可能阻止呢?老师们,至少我们认识的那些,生活都很单纯。学年里他们教书，假期时他们休息，从不尝试冒险。我们不为他们感到惋惜。可能有时候我们对他们太过尊重，但这是我们所受教育的一部分。如果说我每天晚上都亲吻院长嬷嬷的手而不曾反抗，那是因为在某些时刻，抛开规矩不谈，服从也会令我愉快。命令和顺从，无法知道他们会对成年后的生活产生哪些影响。你可能成为罪犯，也可能被磨平棱角成为稳健派。但我们身上都留下了印记，尤其是那些待了七到十年的女孩。我不知道她们经历了什么，现在如何，我再没有她们的任何消息，就好像她们已经死去了。只有一个例外，就是弗雷德丽卡。我四处寻找她，因为她是我的灯塔。我也一直等待着她的来信。她不会是逝者中的一员。我很确定自己不可能再见到她，因为我们受到的教育是应该否认美好的事情，害怕听到好消息。

我的寄宿生涯尚未结束。在离开将快乐列为首要准则的岛上学校后,最后一所寄宿学校让我的十七岁平淡如水。指令依然不断从巴西飞来:我必须学习打理房间，做饭，制作甜品。八岁时我已经学了一点刺绣。是时候做好成为一名女主人的准备了。于是他们为我在楚格湖附近找到了一所家政学校。这个地方因樱桃酒蛋糕而闻名。

我有自己的房间，房间有四扇窗户。那是一所宗教学校。有一次，我不再假装顺从，而是直面院长修女，并简短地说明自己对她们提供的教学内容感到憎恶，无论是关于打理家务，还是——我勇敢地说出——关于婚姻。在寄宿的宁静生活中，我正处于积怨将要爆发的时刻。我怨恨这无趣的生活，怨恨自然、湖泊和花田。院长平静地听完了我的话。我已经记不起她的脸，她的模样。她对我说："我明白。"然后就离开了，不再打扰我。

每天，其他女生在厨房学习的时候，我却在阅读和沿湖散步中度过。我不跟任何人说话,她们的样子也不曾进入我的记忆里,能详细回忆的只有我房间的形状。对于巴西那边来说,我的教育已经完成了。我的母亲预设了我的生活,而我的生活也给予她顺从。终于,我自由了。

我收到了米歇琳十八岁生日舞会的邀请。我跟她的老爸跳了舞,另外十四个布斯勒学院的女孩也是。她老爸殷勤地招待了我们。这不就是米歇琳承诺的吗?有些承诺不只是预言,是会实现的。米歇琳明艳动人,她的十八岁就消逝在那个夜晚。

乐队,青春,塔夫绸,对于更加接近衰老——那无法回避的噩梦的祝福。

"快点儿,米歇琳。"她保养良好的绅士父亲跟我们跳了两个小时的舞，已经累了。我们曾热切盼望着见到这位老爸，因为我们自己的父亲都已年迈，我们也都怀疑过父母是故意让我们如孤儿般生活。现在我们带着对快乐和承诺被兑现的厌恶，在她父亲的怀里飞舞旋转着。

米歇琳的蕾丝丝绸礼服像是从时间上剥下的，非常适合舞会，以及作为米歇琳幻想中的寿衣。跳完舞，她挽着老爸的手臂穿行席间，皮肤晒成褐色，颧骨高耸，惹人迷恋。弗雷德丽卡没有出现在舞会上。我不再用眼睛和思绪搜寻她。女孩们都在想什么呢？至少有一半人想念着死亡、一座寺庙和所有的华服。

又有一位客人从公园走进来。她穿着一袭紧身礼服，颜色比她的头发更加乌黑，纤细的腰上束着一根饰带，身姿似军官般笔挺，紫色的眼睛亮如点漆。她刚刚下船，穿高跟鞋的脚迈着轻巧的步子，黑色丝绒披肩在身后生机勃勃地飘动。她的手腕上套着一对黑色珐琅手镯。她笑意盈盈，我们宽大而温和的彩色礼服与她的相比黯然失色。她像一个寡妇，饱满的胸脯和欲望一目了然。

那是玛丽安。我们停下了舞蹈，纷纷围上去，每个人都伸手摸了摸她。米歇琳弯腰去捡落在地上的披肩，立即被她用鞋跟挡住。

"就让它在地上吧。"她威严而冷漠地说。

玛丽安亲吻了她的朋友，在所有人面前将她紧紧搂住。"我为穿了一身黑色向大家道歉。我的父母在一场空难中去世了。但我不会因为这个错过米歇琳的舞会。"

一个偶然的夜晚，我在电影院再次见到了弗雷德丽卡。她头戴兜帽，手插在口袋里，几乎像个幽灵。她叫我的名字，声音仿佛从远方传来。我们在布斯勒学院从未聊过电影。那天之前，因为不被允许，我几乎从未进过电影院。在假期，我被允许做的事情很少。上个暑假，给我的指令是：去海边度假。我讨厌阳光，于是就生了病。

所以，如果我有选择的权力，一定会指定一个阴暗的地方，而放映厅正是如此。痊愈以后，那是我最早去的地方。在银幕上我看到了自己错过的一切。电影院里，我很快有了朋友，就是那些不知姓名的观众。这些流浪汉垂着头，被困倦与麻木征服。他们睡在精心设置的座椅上，戴着粗羊毛手套的手指一动不动，只有膝盖和脖颈偶尔在熟睡中抽动一下。他们醒来，离开，又在第二天返回同样的位置。有些人深夜才会出现。他们是面容苍白的水手，航行于生死之间。

我抓住她的手臂，生怕她会消失。弗雷德丽卡没有拒绝，表情既温顺又带着几分讥讽，双手依然插在口袋里。她看到我抛下了一个伙伴，假装独自一人，就好像高利贷者藏匿自己的钱币。几年后，那个男孩在开罗的一家旅店房间里被刺死。他的一头金发刚显出稀疏的迹象，圆圆的脸颊没什么起伏，也没有黑眼圈。

我们不停地走着，看似漫无目的。我找到她了，那个最守规矩、最恭谨、最整齐、最完美的她，完美得令人生出恐惧的她。她要去哪里？我跟随着她。即便是空无一物的书架，她也能赋予其秩序感。

"去我那里吧。"她说。卢浮宫花园冰冷凄清，整座城市都是铅灰色的，所有商业中心、服装店、殡葬店和甜品店的招牌都显得暗淡模糊。刺骨的寒冷里我们经过数不清的橱窗、镜子和大门，她终于停在一座建筑物的入口处，推开了那扇沉重的大门。我们侧身勉强挤进去，门就砰的一声关上了。我跟着弗雷德丽卡的脚步走上楼梯，感觉周围的墙壁尤其高大。她说这只是一间办公室，晚上没有人。爬到楼梯的最高处，她打开一扇通向走廊的木门。走廊里装着一个小小的洗手池，还有一间公共厕所。我们沿着狭窄的走廊走了好一阵，好像已经远离了入口和街道。最后我们停在另一扇门前，她开了门让我进去。

我环顾着这个空荡荡的房间，冷得瑟瑟发抖。这是一间长方形的屋子，尽头有一扇窗，墙壁已经泛黄。

"我住这里。"

我站在那里。她拿了个平底锅，往里面倒了些酒，点上了火。我们一起站着看向地上挣扎的火焰，那扭动的几缕火苗闪烁几下便熄灭了。她正告诉我在安达卢西亚看斗鸡的经历,说道:"温度维持不了太久的。"她的身上有着某种西班牙式的、古旧的、宗教般的气质。那丝热度消耗殆尽,高山冰川式的严寒占据了房间。

一个灯泡挂在天花板上,下面放着屋里唯一一把椅子。她让我坐下,拿出一根像是被啃过的蜡烛(或许她靠吃那个过活?),用火柴点燃。烛芯深深陷埋进蜡里。她的眼睛并没有因为烛火的颤动而闪烁不定,平静、深邃而漫不经心的眸子依然熠熠生辉。兜帽遮住了她脸的一部分,也许是一层大理石的面纱包裹了她,让她的美丽不曾变化分毫。不变的还有她的坚定。她面带嘲讽地看着我,几乎是一种挑衅。

我认为,这种一贫如洗的境况于她是一种精神上、美学上的练习。只有唯美主义者才能放弃一切。她的穷困或富丽都不令我感到惊讶。这个房间体现着一种不为人知的理念。她又一次走在了我的前面。我试图去理解她的理念。她坐在一张可能是石头做的床上，没有压出一丝褶皱。我环顾所有的墙壁和角落：整个房间几乎全部笼罩在阴影里。我的目光又从她的脸移到虚空，而她一言不发。我的脑子里冒出了十分庸俗的想法：我们所受的教育不是要我们这样生活的。我对她钦佩至极。太冷了，我重新套上羊毛手套，又把围巾在脖子上绕了好几圈。

现在弗雷德丽卡差不多满二十岁了。她的穿着一如从前，罩一件深锌灰色的连衣裙，臀部细窄，脖颈修长，能看到颈部血管的跳动。她脱下兜帽，露出苍白的鹅蛋脸，交叉双腿坐着。寄宿学校时期的完美秩序被全盘复制到这间屋子里。不怀好意的目光突然在她眼中一闪而过,她随即恢复了之前安静又略带嘲弄的神情。

"你觉得冷吗?"

"不太冷。"

她已经没有可以用来取暖的酒了。我觉得,她就像生活在坟墓里。

空气像在高原一般冰冷刺骨,但我已经可以忍受了,便脱下了手套和围巾。也许再练习一下,我就能看到一道瀑布如银蛇般沿着墙壁倾泻而下,以及一轮夜晚的太阳。她艰难地推开窗户,又从房间那头走回我身边,我们一起抱着手臂望向天空。我脑袋里想着走廊里的厕所:它是被废弃了,还是有人在使用呢?关于这个问题她也不清楚,因为只有晚上这里空无一人的时候，她才会来。

她说话会时不时停顿下来。"我跟他们聊天。"她说，她也能看见他们。他们回来找她，有时就坐在我现在坐的地方。她笑起来，声音如夜间的鸟鸣般刺耳尖厉。所以说，弗雷德丽卡会跟逝者聊天，而我则是走进她房间唯一的"活人"。

"我能再见到你吗？"我问她。

已是破晓时分，天边泛出白光。我可以随时来找她，就在今晚，明晚也是，我可以每天都来。她静静地笑着。那之后，我便找不到她了。我不记得自己是如何离开房间，如何走出走廊走下楼梯的。那些石头和墙壁在我身后关上了。房间里，当夜色开始散去，阴影在地板上相互纠缠，直至天光大亮。这里只缺一根绳索。

几年后,弗雷德丽卡试图烧毁她在日内瓦的家,那些床帘、画框,还有正在客厅读书的她的母亲。

我在那件事后认识了夫人。她的年纪在七十岁上下。她的一切都那么柔和：肤色、皮肤、衣着、脚踝、红润且柔软的双下巴。她用一双平静而纯洁的天蓝色眼睛打量着我，随后扶着我走进了客厅。一尘不染的洁白窗帘垂在窗前，白色的花边如同装饰的糖霜。夫人坐了下来，而我还站着，感到一种莫名的举棋不定，甚至想要离开。我学着夫人的样子坐下。墙上挂着各式各样的肖像画，全都笼罩在阴影里沉睡着。

日内瓦阳光灿烂，夫人却强行将它们滤成昏黄。一缕虚弱的光线让家具的轮廓浮现出来，布艺制品暮气沉沉。一张椭圆的餐桌上放着一套失去了光泽的银质茶具，茶碟里装着各色点心。餐巾上绣着一些姓名的首字母缩写。它们属于已逝者，可能就是画像中那些张望着却不会眨眼的人。还有一张圆形的桌子，几个世纪或几个小时前，曾有人倚靠在那里。现在上面放着一个花瓶，瓶中是一束弗拉芒风格的插花。也许是一只蝴蝶太过放肆，打扰了花瓣的冥思，没有一丝风能够吹皱它们昙花一现的炽热火焰。

空气凝滞，令人昏昏欲睡。角落里的一张写字台，紧闭的抽屉和象牙拉手，让人在脑海里勾勒出一个看不见的抄写员。他没有纸笔，对虚无口述着他的书信。

夫人慢慢地给我倒了半杯茶，又递上一碟点心。"请用，亲爱的。"她端起茶杯，送到因思考某个悬而未决的问题而张开的唇边。墙上肖像的五官似乎动了起来，在画框中焦躁地扭动。夫人对我报以微笑，我亦用微笑相迎。我是她没有朋友的女儿的朋友，她亲切且礼貌地告诉我，她很高兴能认识我。这简直令人信以为真；这种淡化了真假之间所有生硬对立的细微存在使我心怀感激。我陷落在她天真无辜的眼神里。那是孩童般的眼睛，不会受人打扰，抑或是娃娃的眼睛，但没有呆滞和惊奇。夫人看起来很高兴，极温柔地询问我住在哪间旅馆。

"俄国旅馆。"

"那家旅馆已经很破了，"她说，又很有把握地补充道，"快被拆掉了。"

"那里的房间很宽敞，简直跟大厅一样。"我夸张地说道（像是要保护这旅馆摆脱被拆除的命运）。

"是的，我知道，但太旧了。"她将话题生硬地转向我亲爱的父母，但语气依然温柔，询问他们是否是新教徒。我告诉夫人，我们曾见过一次面。她和蔼地表示不记得此事。

I BEATI ANNI DEL CASTIGO

我提醒道:"是您来学院接弗雷德丽卡那天,我陪你们一起去了车站。"

于是夫人想起了那个"伤心的小姑娘",慈爱的笑容牵动了她的下巴。她又聊起了闷热潮湿的天气,听起来对气象知识颇为熟悉。她的平静与温柔像厚厚的天鹅绒一般雍容,绵绵不断地攀上门窗。我又吃了一些点心,夫人为没能再给我添一些表达了歉意。我数了数,碟子里还剩下五六块,我决定把它们吃完。所有我在寄宿学校里认识的母亲在脑海中一一闪过,没来由地感到一阵轻微的恶心。我看到她们身着套装,坐在谈话室里,嘴唇动个不停。

有些谈话室,尤其在教会管理的学校里,总带着一种阴谋密会的气息。我八岁时去的第一所寄宿学校就是宗教学校,那时我们非常痴迷于"间谍"这个词,它能给告密这件事增添几分宏大感。我正想着这些，夫人往茶杯里续了点已经变得温暾的茶水。

弗雷德丽卡一言不发。她的沉默是置身事外，死气沉沉的。她坐在长条沙发的中央，上身微微前倾，一副随时要起身离开的模样。突然她全身一震，颤抖的吸气声传来，一声接着一声。她的呼吸发自胸腔深处，仿佛伴着隆隆的回声，有两重声响。夫人端着茶杯，说起在阿彭策尔男人们拿着剑去投票，而女人们从窗户向外张望的情景，然后转向窗户，不过我发现她正看着女儿。她找到了一个看向女儿的理由。话题又回到了天气。无边的虚无散发出温室的芬芳。夫人抚摸着一片花瓣。弗雷德丽卡猛地挺起胸腔，好让自己能够呼吸。她的胸腔不断地一起一伏，嘴里发出嘶嘶的声音，仿佛承受着剧痛。我第一次在她的目光里看到了一种浑浊,一丝迷茫,一层荫翳。

"我的女儿,"在送我去电梯时,夫人对我耳语道,"想烧死我。"她的语气如此温柔,简直像是为此惋惜。她打开了电梯门,里头有一面镜子和一张长凳。"不怪她。"

镜子里她的眼睛晶莹闪亮,浸透着信仰,简洁如墓志铭。

"相信我,亲爱的,别费心了。"她按下按钮,"这于我而言就是一场旅行,我会照顾好她的。我几乎足不出户了。您能理解我的意思,对吗?"

"您请。"我伸手让她先走出电梯。她引我到门口,最后向我道别,感谢我的来访,并表示因为认识了女儿的朋友而十分欣喜。大门关上了。

那是晴朗又凄惨的一天，湖水在风中拍打。一个亚洲访问团在岸边列队。喷泉中银色的水流如绞刑架上的绳圈，懒洋洋地垂下。弗雷德丽卡约我在一家咖啡馆见面，我来早了。等待的时间总显得漫长，我要了一杯阿华田，无事可想。时钟的指针纹丝不动，一片带条纹的树叶与一只白蝴蝶彼此纠缠翻飞。叶片飞舞，怀念着曾经的鲜活，蝴蝶则如密使般紧随着它。静美与衰败汇集在优雅的旋涡之中。

桌面是大理石的。我又要了一杯阿华田。我需要一个思考的主题，以便消耗等待的时间。于是我想到了那些车站，图芬的，斯塔茨的，瑞吉的，翁根的。我曾在一个泳池上游泳课，父亲却拒绝接受夏天的阳光，穿得如冬天一般严实，坐在阴凉处。一个异常的

I BEATI ANNI DEL CASTIGO

太阳笼罩着我们的夏天,它是苍白的,刺穿暮色,刺穿森林与沼泽的光芒。这光芒不是来自高处,而是从那些有毒的蘑菇和浆果,从潮湿的土壤中散发出来。父亲与女儿手牵着手,像一对暮年的夫妇,走向那黑暗的光芒,屏障中的安宁绿洲。他会告诉我那些山峰的名字。旅店里,一道金属般的光线落在桌面、羊角面包和银质餐具上,我们正在吃早餐。窗外,我们能看见马特洪峰,太阳,还有世界的重生。坐在附近另一桌的母女四人引起了我们的注意。她们圆润饱满的额头洋溢着如此快乐的气息。我想,她们生来便是快乐的。她们展示的是一种几乎执拗的愉悦,一副着魔似的安详的面容。

"你看,她们多开心啊。"我对父亲说(也许他理解成了我很开心,毕竟他是心不在焉的)。一整天,那一家人和她们的快乐在我脑海中挥之不去。我记得，坐在最右边的女孩年纪最小，脑袋、额头和眼睛也是最小的。她的鼻孔很窄，梳着与大姐一样的中分发型，发缝整齐得过分。在跟父亲一起散步时，那穿梭在母女间的快乐与我们形成了鲜明对比。年复一年，我们总是独自两人，固执地保持着这种状态。若有人在餐桌上其乐融融，我们会感到一丝苦涩、不适和焦虑。落座前我们会跟邻座打招呼，起身时也是。我们总是所有人里最快吃完的。

阅览室里，管弦乐从另一个房间传来。老人们成双成对跳着华尔兹、狐步舞，男人们踩着节奏迈开大步。节奏感一直根植在瑞士人的血脉中。法国人在的时候，当他们为断头台欢呼庆祝，瑞士人也会跳舞，高高地抬起膝盖，踢起脚跟。

第二天，消息在旅店里不胫而走：那个年纪与我相仿，最年轻的女孩，在自己房间利用花叶图案的床帘自杀了。为了不打扰其他客人，工作人员慎之又慎，没有让人看见尸体。表面现象无法违反事物的客观规律。诚然，自杀并不包含在客观规律之中。可又有什么区别呢？房间里窗帘紧闭。我想起冬天在旅店，树枝上挂着冰凌，到春天就会融化。我从未见过它们融化的样子。

弗雷德丽卡到了。她坐下来，脸离我很近，我们看着彼此。这是维系恋人的魔法吗？我们开着玩笑，她笑起来。这是我们最后一次见面。

"那个娃娃，你把它怎么样了？"

"什么娃娃？"

她一直保留着那个娃娃，此刻她直视着我的眼睛,像是在告诉我:"我的那只就在口袋里。"

"那个娃娃,"她耐心地解释道,"学院送的。圣加仑娃娃,穿着衣服,戴着耳机的那个。"

"我马上就丢掉啦。"我说。

"不,你没有丢掉它,你应该找找看,大概是落在哪里了。你肯定能找到,你当然没有扔掉它。"

她几乎是要训斥我了,如圣人在变温驯的前一刻,眼中的凶恶尚未全然消退一般。她确信我不会丢掉娃娃,那太不应该了。她还是那个最遵守纪律,最听话的学生。她似乎还因为我不记得那个穿着巴伐利亚礼服,画着眼睛的木偶而责怪我。我牵住她的手,那双在图芬的学校写下那些美丽字迹的手。我告诉她,我已经学会模仿她的笔迹。她想要看看,我便在一张纸条上写了她的名字。模仿者成了创造者,写着"再见,弗雷德丽卡",而她则写了一句"adieu①"。我在图芬听过的那个小小的市侩的声音不断重复、颠倒、伸展、扭曲,最后成为逝去者所使用的语言的一部分。

二十年后她给我写了一封信。她的母亲给她留了一些东西,可以保证她的生活。但她受够了疯人院的生活,如果继续下去,她就会踏上通往坟墓的道路。

我站在寄宿学校的门口。两个女人坐在长凳上,我向她们点头致意,她们并不回应。我推开门,一个女人坐在一张桌前,另一个站着。她们问我有何需要。我问起寄宿学校的事,并写下了它的名字。她表示从

---

① 再见。

未听说。

"在图芬，你确定吗？"她用审视和怀有敌意的眼神看着我。

"当然，我很确定，我曾住在这里。"我的回答毫无意义。她们建议我去圣加仑看看，那里有很多学校。我又重复了一遍学校的名称，她告诉我，我弄错了。我只好道歉。

"这里，"她说道，"是一家治疗盲人的诊所。"

现在，就是这样了。一家治疗盲人的诊所。